Cuentos del mar
Mario Delgado Aparaín
Ramón Díaz Eterovic
José Manuel Fajardo
Mempo Giardinelli
Rosa Montero
Alfredo Pita
Hernán Rivera Letelier
Antonio Sarabia
Luis Sepúlveda

EDICIONES B
GRUPO ZETA

rcelona • Bogotá • Buenos Aires • Caracas • Madrid • México D.F. • Montevideo • Quito • Santiago de Chile

1.ª edición: octubre 2001

El canto de la corvina negra
© Mario Delgado Aparaín, 2001

Desventura final del capitán Valdemar do Alenteixo
© Luis Sepúlveda, 2001

Como una isla
© José Manuel Fajardo, 2001

Neblina mundo
© Alfredo Pita, 2001

Otro cuento con mar
© Mempo Giardinelli, 2001

El mar, la mar, el Mario, la María
© Hernán Rivera Letelier, 2001

La última aventura
© Ramón Díaz Eterovic, 2001

El último abordaje del Don Juan
© Antonio Sarabia, 2001

Parecía el infierno
© Rosa Montero, 2001

© Ediciones B, S.A., 2001
    Bailén, 84 - 08009 Barcelona (España)
    www.edicionesb.com

Printed in Spain
ISBN: 84-406-9692-2
Depósito legal: B. 34.648-2001

Impreso por LIBERDÚPLEX, S.L.
Constitució, 19 - 08014 Barcelona

Cuentos del mar
Mario Delgado Aparaín
Ramón Díaz Eterovic
José Manuel Fajardo
Mempo Giardinelli
Rosa Montero
Alfredo Pita
Hernán Rivera Letelier
Antonio Sarabia
Luis Sepúlveda

El mar ha traído hasta los puertos de la literatura al sagaz Ulises, al solitario Nemo, al atormentado lord Jim o al obsesionado capitán Achab. En sus aguas luchó el viejo Hemingway contra los tiburones y navegaron, feroces y libres, el Corsario Negro y el capitán Blood. Fue una pesadilla para Robinson Crusoe, una promesa para Jasón y sus argonautas, y un prodigio para Simbad. El mar está repleto de literatura y parece él mismo una metáfora literaria. El mar, vientre fecundo del planeta. El mar, espejo de las ansias humanas de libertad. El mar, caprichosa manifestación del destino. A veces, deja en sus playas troncos desgastados, restos de naufragios o cadáveres. Otras, anuncia la llegada de naves enemigas, de seres amados o de viajeros que traen noticias de otras tierras.

En la ciudad de Gijón, en la costa asturiana, el mar es testigo de una reunión anual de escritores que habitan en costas lejanas. Allí, el Salón del Libro Iberoamericano de Gijón da cita, frente al regio oleaje del mar Cantábrico, a autores de Latinoamérica y de España: las dos riberas de una misma lengua que se escribe de maneras muy diferentes. Algunos de esos escritores se han reunido en este libro para dar cuenta una vez más de la íntima relación que existe entre el mar y la literatura. Junto al mexicano Antonio Sarabia, al argentino Mempo Giardinelli, al peruano Alfredo Pita y al uruguayo Mario Delgado Aparaín, están los españoles Rosa Montero y José Manuel Fajardo, y los chilenos Hernán Rivera Letelier, Ramón Díaz Eterovic y Luis Sepúlveda, quien es también el director del Salón del Libro. Un salón que otorga cada año un premio de novela, llamado Las Dos Orillas, cuyos dos primeros ganadores han sido, precisamente, Pita y Díaz Eterovic.

La tarea de un editor no es otra que ofrecer a los autores los astilleros en los que armar sus navíos de palabras y procurarles los sextantes o el GPS, eso depende de las posibilidades de cada editorial, para que puedan atravesar sin contratiempos los mares del mercado. Ojalá que este barco y sus nueve tripulantes lleguen a buen puerto. Lo que es seguro es que el lector disfrutará de su travesía.

EL CANTO DE LA CORVINA NEGRA

Mario Delgado Aparaín

A Noel Matta y a Ivo, por darme esta historia en sus naufragios. Y a Tania y a Marlene, que en tierra son una sola.

I

Hace días que en el bar de Nereo nadie me dirige la palabra, que se limitan a saludarme con la mano y a distancia, que me dejan solo en un rincón con mi cerveza y que dicen entre ellos, en voz baja y molesta, «El Noel está encantado, el Noel está encantado...», porque no comprenden, no se explican cómo diablos pasó lo que pasó y hasta vinieron de las radios y me hicieron preguntas desde todos los ángulos y siguieron sin entender, me acusaron de mentiroso, de inventor de fábulas y hasta de racista o algo así, porque dije que la culpa de lo que ocurrió es de los malditos coreanos que nos obligan una y otra vez a meternos mar adentro para dar con la corvina negra y a morir como pajaritos, lejos, muy lejos de la orilla. Que el Noel está encantado, dice Pizarro el Portugués, el capitán Lander, Coraje Martínez o María la Pescadora. Todos ellos lo andan diciendo. Y tal vez sea verdad, porque ni yo mismo le encuentro razón a este milagro. Y hasta Ivo, mi amigo, mi compañero de infortunio, afirma lo mismo sin que se atreva a dirigirme la palabra, a intercambiar ideas sobre este fenómeno que nos divide, a buscar una explicación que nos permita volver a juntarnos y ser amigos como antes. Me rehuye como si fuese un apestado, me teme o me rechaza, porque entiende que hay algo muy extraño en esto de haberme salvado sin haber abandonado *La Blanca Mar*, en haber llegado como por arte de magia cinco días después al otro lado del océano, donde quedó amarrada la pequeña barca y donde todavía debe estar si es que alguien quiere verla con sus propios ojos. Pero lo primero será decir todo lo que sé, por una vez en la vida al menos. Lo haré en la absoluta soledad de mi cabaña, frente a este pequeño aparatejo, el grabador que me dejó Abdón Miraballes, el periodista de *El Heraldo* de Mosquitos, único pueblo que conozco al que pueden importarle este tipo de historias. Y mientras él, tal como convinimos, espera en el bar de Nereo todo lo que sea necesario esperar, yo contaré la historia entera, desde el principio hasta el final, incluyendo el encuentro con Marlene. Y después que haya terminado, si me quieren creer me creen y si no, que me crean sin querer.

II

Por esas cosas raras de la vida que no entiendo muy bien, a mí siempre me gustó el agua. Desde niño soñaba con un mar de tremendas olas y eso era bien raro, pues mi mundo era a la vez muy verde y muy negro y sin otro azul que el de aquel cielo impiadoso que nos cocinaba los sesos en medio de los campos cada vez más desiertos. Era verde a causa de mi madre lavandera, que deambulaba conmigo bajo el sol del verano, cargando ropas de gente ajena sobre su cabeza y una hojita de eucalipto entre los dientes para darse buen gusto. Y lo segundo, lo negro, a causa de mi padre, un contrabandista misterioso y siempre lejano en andanzas a caballo por el más allá de la frontera brasilera, siempre en la noche.

Por eso es que no entiendo muy bien las razones por las que siempre me gustó el agua, porque tres generaciones de mi sangre vivieron a ochenta leguas del mar sin haberlo visto jamás. Y mi madre tampoco lo había tenido ante sus ojos, ni había presenciado tormentas borrascosas, ni conocido ese horizonte alucinado que funde el plomo del cielo en el océano, ni menos aún el gusto a maravilla y a trampa del agua salada, aunque lo extraño es que a la hora de dormir ella me acunaba con cuentos de náufragos que nunca se ahogaban o de bellísimas sirenas que les hacían una compañía muy dulce a filibusteros derrotados en las costas del Río de la Plata por los tiempos del almirante Brown.

Pero a mi madre, que de aguas apenas conocía la laguna Bonita donde ella lavaba para los otros las ropas del día y pensaba para nosotros las historias de la noche, la dejé de ver para siempre cuando conocí a Ivo, mi amigo, mi compañero, el hermano que nunca tuve, el socio de *La Blanca Mar*, nuestra barca naranja. Nos fuimos de verdad, desaparecimos de todos los lugares que solíamos frecuentar. Caminamos sin torcer el paso y sin que nadie nos dijese adónde, en dirección al mar, a la costa atlántica, a la playa de Santa Ana, a la altura de la desembocadura del río donde empezamos a pescar desde la orilla, sólo para calmar a fuerza de pescado asado el dolor de los estómagos vacíos y luego para vender al grito, por las calles del pueblo cercano de Mosquitos, tres o cuatro corvinas al día ensartadas en un junco.

Sin embargo, poco a poco, escuchando las historias de Coraje Martínez, del capitán Lander, de María la Pescadora y de la docena de hombres lobos que mataban las horas con cerveza en el bar de Nereo en las noches de invierno, Ivo y yo comenzamos a pensar en una embarcación y largarnos al mar.

La encontramos abandonada entre las rocas y las algas. Era una embarcación pequeña, una chalana de cinco metros y medio de eslora, muy maltrecha pero todavía con deseos a la vista de hacerse a la mar.

La reparamos con esmero y muchas expectativas.

La calafateamos, le pintamos hasta el último resquicio, le colocamos un viejo motor Johnson y cuando Ivo dio unos pasos atrás para mirarla mejor y empezó a gritar de felicidad con los brazos abiertos, le dije que se callara, que sin nombre nadie era nada todavía en este mundo. Y fue entonces que la bautizamos *La Blanca Mar* y así se la conoció en muchos kilómetros a la redonda, mar afuera y tierra adentro, por los noticieros de la radio, por los diarios y en las pantallas de televisión, a partir del día del naufragio.

III

En los primeros tiempos apenas si nos alejábamos más allá de las dos o tres millas, por precaución, por respeto a los secretos y a los peligros del mar. Uno de ellos era la entrada con *La Blanca Mar* a las rompientes, cuando viene esa ola de tres metros a la llegada a la playa. Tan peligroso que muchos novatos la macanean a cien metros de la orilla y hay que rescatarlos casi ahogados, porque se dejan ganar por el miedo y se distraen en el cuerpo de ola que es lo que nunca se debe mirar. Debe atenderse siempre a la proa, cuidando la dirección de la chalana para que enfrente a la ola, porque el riesgo está en que la barca se ponga de banda y ahí, al cambiarse el rumbo, se da esa temible vuelta de campana en un segundo sin que haya tiempo a maniobrar. Todo depende de la muñeca que se tenga para el timón, sobre todo cuando se entra a las rompientes con vela desplegada. O con el asunto del mar de fondo que se da en las mareas con mucho oleaje, cuando la ola golpea de un lado y la marea empuja del otro y termina por chupar la embarcación y llevarla al fondo del infierno y así hemos enterrado a muchos compañeros. Por eso hay que escuchar a los viejos como el capitán Lander que sabe de nubes y cuando dice «mira, cuando veas ese tipo de nube, recoge de inmediato las artes de pesca y vuelve a la costa porque eso es temporal de mucho peligro», hay que seguir al pie de la letra sus advertencias. Y eso lo hemos aprendido muy bien en Santa Ana. Recuerdo cuando la prefectura de costa nos obligó a hacer un curso con los oficiales para tener el permiso de navegación y fuimos todos. Incluso fue María la Pescadora con mucho miedo de que no le dieran el permiso, porque ella es analfabeta. Por supuesto que se lo dieron. Cuando el profesor con aspecto de almirante colgó en la pared un cartel con todos los tipos de nubes, que los nimbus, que los cirrus, que los cumulus nimbus y el diablo que va, y le señaló una de aquellas a María y le preguntó: «Veamos, señora, ¿cómo se llaman estas nubes?», ella ya lo sabía muy bien. Tanto lo sabía que le respondió: «Mire, señor oficial, no sé cómo se llaman. Pero lo que sí sé es que cuando están esas nubes en el cielo yo levanto las redes y me voy a la mierda.»

Sin embargo, aquel día del viento y la tormenta y el cielo cargado de aquellas nubes que aterrorizaban a María, ni Ivo ni yo lo pudimos evitar. Por mi culpa, por tozudo, porque me había jurado que hasta que no dejásemos a *La Blanca Mar* repleta de corvinas no volvíamos.

IV

Antiguamente venían en el verano desde el mar y entraban por el río Santa Ana, muy adentro, tanto que llegaban hasta los mismísimos cangrejales a desovar en ese caldo a medias salado y a medias dulce en que se juntan las aguas del mar y del río. Y allí, desde el puente, cuando no pasaban los camiones y el silencio era absoluto, uno sentía con nitidez el canto, el tamborileo, de la corvina negra. Al principio, cuando me lo contaron, supuse que se trataba de una de esas leyendas de fogón que hablan de la existencia del lobizón o de la luz mala y no lo creí. Hasta que una mañana, desde arriba de la embarcación y sin poder creerlo, Ivo y yo de boca abierta escuchamos el canto de la corvina, un ritmo feliz, una especie de candombe traído por una comparsa de morenos con tamboriles marchando bajo el agua.

Pero eso fue hace mucho tiempo, cuando aún no habían llegado a nuestras aguas los malditos coreanos con sus barcos industriales y las redes de arrastre. Porque desde entonces, cuando la corvina se acerca a la costa buscando un sitio para desovar, pasan los coreanos con las redes rastreras amarradas entre dos barcos y arrasan con nuestros palangres, nuestras artes de pesca y todo lo que encuentran a su paso. Y entre esas redes mortales y el ruido ensordecedor de los motores, la corvina se espanta y no vuelve nunca más. Por eso tenemos que ir a buscarla cada vez más lejos hasta quedar fuera de la ley, porque vamos mucho más allá de las siete millas que nos corresponden y ésa es la razón de los tiroteos sin remordimientos en la oscuridad con los malditos coreanos que no piensan en el mal que hacen, porque donde pasan sus barcos no nos queda nada.

V

Ocurrió a mediados de septiembre, en medio de los vientos fríos del sur y las pobrezas interminables del invierno. El día anterior todo el mundo había traído pescado a Santa Ana, excepto nosotros. Y mientras los afortunados festejaban entre cervezas y ginebras en el bar de Nereo, le dije en voz baja a Ivo: «Mañana, hasta que no llenemos *La Blanca Mar*, no volvemos.»

Al día siguiente, nos embarcamos a las nueve de la mañana y echamos mar adentro. El viento soplaba frío y con fuerza y la corvina había andado tanto que la encontramos recién a dos horas y media de la costa, ya cuando las ráfagas cambiantes de la tormenta empezaban a llegar hasta nosotros. Pero habíamos hecho la promesa de llenar *La Blanca Mar* y, sin dudarlo, calamos allí mismo, perturbados por la obstinación.

Cuando apagamos el viejo motor, quedamos amedrentados por el ruido. A nuestro alrededor, sobreponiéndose al viento, el canto de la corvina negra parecía que iba romper el fondo de la barca. Aquello era una bendición nunca vista. Tiramos la red y en un par de horas la barca fue quedando repleta, hasta que al fin el vendaval se levantó tan rápido, que tuve que tirar los guantes y gritarle a Ivo: «¡Ya está, hermano, nos vamos, nos vamos a la mierda!»

Pero el motor no funcionó. Por más que insistí una y otra vez, no logré hacer arrancar el viejo Johnson, hasta que la cuerda se mojó, reventó y ya no pude más.

Nos quedamos mirando con Ivo, tratando de descifrar cuál sería el próximo paso en medio de aquel tembladeral, porque no teníamos ni radio, ni salvavidas, ni nada. De pronto, bajo la lluvia torrencial, pasó cerca de nosotros la visión fantasmal del viejo Coraje Martínez navegando hacia la costa, el pescador más valiente que haya conocido. Nos gritaba haciendo bocina con las manos, ofreciéndose para llevar *La Blanca Mar* a remolque. Le grité que no, que si nos arrastraba en medio de aquella tormenta, nos hundíamos todos sin remedio. Mientras tanto empezaron las olas con su baile y nosotros a subir y bajar peligrosamente. Había que aligerar la barca a todo trapo, pero yo no quería tirar las redes y perderlas para siempre, porque eso significaría la ruina. «¡Tira el ancla, tira el ancla!», le grité a Ivo. Él hizo lo que le decía y luego me preguntó si íbamos a tirar también las redes. Lo miré a los ojos y entendí que me estaba diciendo que si lo hacíamos se terminaba todo, no pescábamos nunca más. «¡No! Tiraremos las corvinas, pero no las redes...», le contesté en medio de la tormenta. Y de inmediato, mientras el mar nos bamboleaba como una nuez entre montañas de agua que barrían la cubierta, nos degollamos las manos sacando las corvinas de los anzuelos y las devolvimos al mar. En una atmósfera de furiosa premura, aligerábamos de agua y de corvinas, aunque dejamos algunas porque era necesario que la barca tuviese algo de lastre, para que se sacudiese menos.

Sacamos agua hasta que oscureció y lo seguimos haciendo toda la noche bajo la lluvia helada, en plena oscuridad y en medio de un viento aullador que ninguno de los dos había oído nunca. Llovía a torrentes y las olas reventaban en bombazos de agua sobre nosotros, de una forma tan sostenida e inmutable que parecía un castigo eterno. Yo sentía un frío en los huesos como nunca experimenté en mi vida y todavía, cuando lo pienso, me sobrevienen unos extraños e insoportables ataques de frío, que sospecho que nunca me los podré curar a menos que deje de pensar en esto. Para Ivo fue peor, pues al principio, mientras achicaba el agua, cantaba sin parar, tarareaba milongas, marchas militares y *la donna e mobile*, pero cuando comprobó que aquel despilfarro de energía lo exterminaba, comenzó a recriminarse haberme seguido la corriente en el bar de Nereo, para embarcarse en aquella imprudencia infernal que parecía llevarnos a una muerte segura. Hasta que al final me enfurecí, me fui hasta él y, a los gritos, lo obligué a permanecer callado y quieto, arrebujado en la proa donde al poco rato comenzó a temblar tanto que sentí trepidar la embarcación. Entonces me senté junto a él y nuestros temblores chocaban entre sí como una pareja de esqueletos bailarines, mientras sentía los brazos de Ivo dándome calor, en silencio, sin preguntarnos nada acerca de cuánto duraría aquel suplicio o quién de los dos moriría primero.

El segundo día transcurrió igual, con el mismo viento del sudeste y la misma lluvia, sin que hubiese el menor indicio de que aquello se fuese a calmar, por lo que había que seguir achicando agua apenas los brazos despertaban por unos minutos de su anestesia. La diferencia era el frío profundo, el hambre dolorosa y el sentimiento insoportable de que la cabeza se me iba mientras *La Blanca Mar* se zarandeaba y nos daba brutalmente contra las bandas, tan fuerte que teníamos las piernas hinchadas por los golpes.

Yo no sé si me adormilaba o qué, pero en un momento me desperté a los gritos y ante otro golpazo del agua, le grité a Ivo: «¡Se desarma, Ivo, *La Blanca Mar* se desarma!» Cuando dije eso, Ivo me miró como si me desconociera, como sentenciándome a no repetir nunca más eso, porque si ése era mi pensamiento, ya nada tenía sentido. Quise calmarlo, decirle que no sabía en qué diablos tenía fe, pero la tenía, sin embargo la mente se me fue nuevamente y me perdí, mientras Ivo dejó caer la cabeza sobre el pecho y creo que se durmió.

Supongo que era la media tarde del segundo día cuando sentimos aquel ruido que parecía provenir de un barco traído y llevado por el viento. Sin embargo, no era un barco. Era un helicóptero de la armada que se bamboleaba justo encima de nosotros y que dejó caer una cuerda con un arnés que casi llegó hasta el hueco del motor donde Ivo permanecía arrollado sobre su cuerpo, mudo. Allá arriba, desde el aparato, un tipo hacía señas enérgicas, como si nos indicase lo que teníamos que hacer para prendernos al arnés. Comprendí, lo metí a Ivo, le ajusté la correa, cerré el gancho y di un par de tirones a modo de señal para que lo subieran. Cuando iba a medio camino, Ivo pareció despertar, miró hacia abajo con los ojos como platos y me insultó a todo pulmón, protestando que no quería subir a aquella porquería y que lo había traicionado. En ese instante el viento arreció y una ola gigantesca saltó sobre la cubierta formando un techo de agua impenetrable, mientras yo me abrazaba al viejo motor y cerraba los ojos que me ardían como ajíes. Cuando los volví a abrir miré hacia arriba, buscando el aparato salvador en medio del plomo del cielo. Pero ya no había nada, no se escuchaba el menor ruido del helicóptero que se había llevado a Ivo. Entonces la cabeza se me fue y, a partir de aquel momento, abandoné todo.

VI

Cuando desperté estaba amaneciendo y el sol tenía por delante toda una avenida de cielo celeste y limpio de nubes. Ignoraba cuánto había dormido, tal vez parte de la tarde anterior y toda la noche sin que nada me despertara. Me ardía la boca, el estómago y las manos que las tenía heridas y a punto de infectarse. A mi costado flotaba el paquete de tabaco de Ivo y de todas las corvinas que habíamos dejado como lastre sólo quedaba una adherida al maderamen de la cubierta. Con el cuerpo tumefacto por los bandazos, traté de levantarme y observar el panorama por encima de la borda. Cuando miré hacia el sur, la desolación era completa. Hasta el horizonte lejanísimo el mar se mecía en tenues ondas brillantes bajo un sol tibio y agradable, sin que se divisara una sola embarcación a la distancia.

Y cuando miré hacia el otro lado, hacia lo que yo suponía que era el norte del mundo, casi doy un salto de sorpresa. Una mujer joven y de una extraña piel color canela asomaba su cabeza y su largo pelo negro por la popa, en donde se la veía sostenida con comodidad sobre sus brazos y con el mentón apoyado sobre el dorso de sus manos. Me observaba atentamente, con cierto recelo, como quien ha estado esperando una reacción imprevista del otro durante mucho tiempo. Era una mujer joven, realmente hermosa y dotada de una extraña mansedumbre que la hacía a medias exótica y a medias animal.

Por un momento pensé que Ivo y yo no habíamos sido los únicos náufragos de la tormenta que había asolado las costas de Santa Ana. Tal vez su embarcación había zozobrado cerca de nosotros y había pasado la noche entera aferrada a *La Blanca Mar* mientras yo dormía.

—¿Cómo te llamas? —le pregunté asombrado de verla quieta allí, como una aparición.

—Marlene... —dijo ella con la voz muy baja, como si temiera molestar a alguien que yo no veía.

—¿Por qué no subes? Hay sitio para los dos...

Ella negó con la cabeza y con una leve sonrisa de flor dio a entender que estaba muy bien donde estaba. Cuando hizo el gesto negativo, buena parte de su pelo se sacudió y se metió en la embarcación. Era más negro de lo que había pensado y llamativamente largo.

—No sé cuánto he dormido, muchacha, pero supongo que estamos muy lejos de Santa Ana. No recuerdo haberte visto nunca entre los pescadores. ¿Te tiró al mar la tormenta? ¿De dónde eres?

Ella se rió con ganas y la risa fue más sonora que su voz.

—*Sou portuguesa...* —dijo.

Ahí temí lo peor. Seguro que la muchacha era turista, había naufragado con todos los pasajeros, tal vez era la única sobreviviente y ahora estaba loca de remate.

—¿Qué le ocurrió a tu barco?

Volvió a reír, pero esta vez con una misteriosa picardía.

—*Nada, não tenho barco. Cheguei até aqui nadando, eu nado muito bem.*

Era evidente que estaba loca. De pronto, sin soltarse, se retiró hacia atrás y luego se impulsó hacia arriba como si fuese a salir del agua, hasta quedar apoyada en la borda sobre sus manos. Estaba desnuda. Hasta donde yo podía ver, estaba completamente desnuda. Desde su hermoso cuerpo húmedo, tal vez desde sus pequeñas tetas perfectas, me llegaba un fuerte aroma de aceite de especias dulces que se expandía por toda la embarcación hasta marearme y que despertaba en mí un olvidado sabor de primaveras difuntas.

Temí entonces algo peor que la locura, algo emparentado con lo que había sentido la mañana en que Ivo y yo escuchamos el canto de la corvina negra por primera vez. De modo que traté de levantarme para verla mejor, pero ella se dejó caer hacia atrás y su cuerpo dio un giro de inmersión rápida para desaparecer bajo la superficie. Permanecí paralizado de espanto. No tenía la menor duda, era yo el que deliraba: lo que me pareció ver, antes que desapareciese aquella... mujer, fue la mitad de su cuerpo de corvina gigante, igual que las sirenas de los cuentos que me hacía mi madre cuando me empezó a gustar el agua.

En medio del silencio del mar, apenas hamacado por las ondas, me volví a sentar desolado y traté de no pensar en lo que creía haber visto. Sin embargo, a cambio, comenzó a acosarme la imagen de Ivo colgando del helicóptero sobre el oleaje y fue entonces cuando me sobrevino una angustia tan abarcadora de mi jodido espíritu, que al poco rato ya estaba llorando a gritos y sin ningún síntoma de querer evitarlo.

VII

Cuando logré reponerme, levanté la cabeza y volví a mirar por encima de la borda.

Era el atardecer. Para mi sorpresa, a lo lejos, había aparecido la línea oscura y brumosa de la costa, aunque por alguna extraña razón me sentía incapaz de calcular a qué distancia aproximada se encontraba. *La Blanca Mar* parecía anclada en un mar de aceite, y apenas si se movía unos grados sobre sí misma, de modo que daba lo mismo estar a diez o a quince kilómetros, pues aquello parecía inalcanzable y bastaría con una brisa débil desde tierra firme para que volviese a perder de vista el horizonte.

Lo que realmente me desconcertaba era la bondadosa tibieza del sol en aquella hora próxima al oscurecer, más apropiada para un día de otoño o de finales de primavera que para los días de octubre en que estábamos viviendo.

—Más bien parece otoño... —dije en voz alta.

—Es otoño... —afirmó una voz de mujer a mis espaldas. Era ella, la maldita aparición otra vez.

Literalmente di un salto, me golpeé el hombro contra el motor y giré la cabeza con furia. Tal vez por haberla pateado en el movimiento brusco, la corvina muerta se desprendió de la madera y se deslizó hacia mí hasta quedar al alcance de la mano. Sin dudarlo, la tomé por la cola y como si fuera un garrote se la arrojé a la cabeza con tan buena puntería que le di en plena frente. Caramba, no era una aparición. De lo contrario la corvina hubiera ido a dar al agua y no de vuelta a la cubierta como fue a dar.

Ella gritó de dolor y volvió a caer hacia atrás, en un revoltijo de agua y espuma, hasta que el mismo silencio de la vez anterior volvió a reinar alrededor de la barca. Sin embargo, volvió a aparecer a los pocos instantes, flotando como un desmayado, con la cabeza hacia atrás y las tetas sólidas, perfectas, abrillantadas por el agua y los rayos oblicuos del sol. El resto del cuerpo colgaba hacia abajo, inerme, dejando ver a la altura del vientre el inicio escamado de otra piel, sin duda la de un pez, aunque a juzgar por el sutil movimiento muscular que se insinuaba, seguramente más suave, tal vez como esa tersa y helada suavidad que tienen las culebras en su piel. Era hermosa de verdad y lejos de provocar repulsión, daban ganas de estirar la mano y tocarla.

Recordé su nombre, Marlene. Ahí, luego del corvinazo, tuve la segunda prueba de que ella no era una alucinación, pues ese nombre no estaba registrado en mi memoria como un nombre de mujer que me gustase o que, por el contrario, odiase. Apenas si lo recordaba como el nombre de una estrella de cine a la que jamás vi en ninguna película.

—¿Marlene? ¿Me escuchas, muchacha?

Ella abrió los ojos lacrimosos, levantó la cabeza y me miró con rencor.

—Eres un burro... —dijo lloriqueando.

—Me pregunto dónde habrás visto un burro alguna vez... Déjame decirte algo: no existes, eres un invento mío, un delirio antes de la muerte...

—Entonces, ¿quién te ha traído hasta aquí? —dijo mientras señalaba con el mentón hacia el horizonte.

Miré hacia donde ella había mirado y volví a dar un salto hacia atrás. La costa estaba sorprendentemente cerca, al punto de que podía ver las velas de algunas embarcaciones ancladas en un muelle y detrás, los pequeños techos oscuros de una extensa población costera que se insinuaba con los primeros focos encendidos preparándose para la noche.

—¿Qué lugar es aquél?

—*As praias de Salgueira Redonda...* —dijo ella, mientras volvía a inclinar la cabeza en el agua y cerraba los párpados.

—¿Estamos en la costa brasilera?

—No... en Póvoa de Varzim...

—¿Dónde queda eso?

—En Portugal, hombre. Estamos frente a Portugal...

—No puede ser... ¿Cómo es posible que estemos... al otro lado del océano?

—No lo sé, nunca supe cómo es posible. Desde pequeña ya era capaz de irme muy lejos en pocos días...

—¡No te creo! ¿Eres realmente una... sirena?

—¿Una sirena? Sí... soy eso...

—¿Portuguesa?

—Mi familia es portuguesa. Vive ahí, en Póvoa...

Entonces ella enderezó su cuerpo, dio la vuelta a la barca y se acercó nuevamente. Estaba más repuesta, aunque cada poco se pasaba las yemas de los dedos por el lugar en que le había pegado con la corvina muerta. Parecía tener el don de la paciencia.

—Te lo explicaré todo de una sola vez y si me quieres creer me crees y si no, lo siento por ti. Mi padre es un enano poeta enamorado del mar, que siempre recita el mismo poema: «*Agora, marinheiros, agora...!*» Y hasta que nací, navegó por los mares de África contra la voluntad de mi madre, una pobre mujer que siempre odió el mar desde el día en que su padre naufragó y desapareció en el Cantábrico frente a las costas de Gijón. Ellos tuvieron dos hijas. La primera, mi hermana, es la que siempre espera por mí en el pequeño embarcadero de *praia* Lagoa. Pero la tragedia ocurrió con la segunda hija, cuando mi madre dio a luz un engendro que parecía traer de mi padre la mitad que te asombra y la otra, un sueño cualquiera de mi madre. Cuando vio «aquello» que había salido de su vientre, esperó a que se hiciese la noche, me envolvió en una manta, se fue al puerto y me arrojó al mar. No porque me rechazara, sino porque realmente pensaba que era donde tenía que estar. Y tenía razón. Desde entonces, no hago más que rescatar náufragos...

—No te... creo... —dije. Y nuevamente el mareo,

mi cabeza que se iba, los dolores del hambre y la inconsciencia.

Ella se aproximó a la borda donde estaba recostado blandamente y de algún sitio sacó un frasco color caramelo, me lo puso en la nariz y me obligó a respirar su contenido, una especie de formidable compuesto amoniacal. Sentí que se me aclaraba el cerebro, como si de pronto le hubiesen arrancado a tirones una mortaja de niebla. Y al mismo tiempo, como ella estaba junto a mí, su perfume de aceite acanelado me penetró con la violencia de un ungüento, al punto que la miré de tal modo al fondo de los ojos, que pude descubrir su alma visiblemente conmovida de ver en mí tanta destrucción. Entonces, mientras yo me retiraba de la conciencia, ella comenzó a murmurar con voz de ensueño: «*Estou aqui sozinha / a olhar os ramos, / completamente perdida... / Olho as estrelas e sofro. / Sofro porque encontro nelas / o que gostava que fossemos nós. / Mas não somos.*» Y lo que seguía, no pude retenerlo.

VIII

De pronto *La Blanca Mar* chocó contra algo sólido y crujió como si se tratase de un viejo mueble frágil. Cuando abrí los ojos comprendí que se trataba de un embarcadero. Encima, a casi un metro de altura e iluminados por un foco de mercurio, una jovencita y un enano parecían celebrar la llegada de Marlene que les conversaba desde el agua. Por lo que percibí a través de su portugués vertiginoso, ella les contaba los detalles del rescate en la tormenta y desde dónde me traía.

Era evidente que el enano era su padre, el marinero y poeta juramentado ante su mujer de que no navegaría nunca más. Se trataba de un hombre apuesto, musculoso, con una larga cabellera rubia y que hablaba con los puños cerrados sobre la cintura y las piernas separadas en posición beligerante. Tenía todo el aspecto de un temible y enérgico filibustero de un metro de altura.

De pronto, desde el borde del embarcadero, el enano me miró con una envolvente sonrisa de buen tipo, levantó un brazo teatral en dirección al horizonte y se puso a gritar: «*Agora, marinheiros, agora...!*» Era un estribillo dramático y plañidero, que se alternaba cada tanto con la interminable epopeya de un puñado de náufragos que llegaban a las costas de Portugal y que de algún modo, en el homenaje que me hacía, parecían ser mis propios camaradas de infortunio.

Cuando terminó, yo estaba lloriqueando como un niño. Mientras tanto, aquella jovencita hermosamente humana, descendió con agilidad tres escalones de madera espesa y tosca, saltó a la cubierta de *La Blanca Mar* con un pedazo de jamón apretado entre dos panes y me dijo:

—Vamos, deja de llorar y come esto. Yo soy Tania, la hermana de Marlene...

—Yo soy... —comencé a decir con la boca embuchada de pan y del mejor jamón del mundo. Pero la muchacha puso dos dedos sobre mi boca.

—No digas nada. No queremos saber quién eres...

Mientras yo devoraba aquella delicia de la noche, el enano se agachó al borde del muelle, estiró su brazo y me ofreció una botella de vino que dijo era de Madeira. La tomé con ansiedad y la empiné sobre la garganta hasta que bajó hasta la mitad. Cuando se la devolví, ya casi había logrado ponerme de pie. Desde allí podía ver el puerto, algunos hombres que trajinaban con artes de pesca y que no le prestaban ninguna atención a nuestra escena.

El aire vibró un instante y comencé a sentir nuevamente el penetrante olor de Marlene. Cuando la miré, ella, sin la menor vergüenza, había emergido medio cuerpo fuera del agua.

—Ahora bájate de tu barca que aquí es poco profundo... —me dijo, mientras mi cabeza comenzaba a fugarse hacia ninguna parte—. Y la próxima vez, trata mejor a las sirenas...

Lo último que recuerdo fue la imagen del enano agachándose para aprisionar fuertemente mi mano antes de que cayese al agua, mientras la bella Tania me sonreía como suelen sonreír las mujeres a los marineros.

Cuando salté y pisé la arena del fondo, mis rodillas se doblaron, el agua cubrió mi cabeza y cuando salí a la superficie opté por aflojarme y dejar que mi cuerpo flotara de espaldas. Era el cansancio y la fatal convicción de que sobrevivir cansa. Más bien aquello se asemejaba a una sensación de rendición completa, de cargar de pronto sobre mi pobre esqueleto con una fatiga ajena y descomunal, llegada del fondo de los siglos y que abarcaba a todas las tormentas, a todas las sensaciones últimas de los náufragos que habían sobrevivido mientras los demás morían.

Cuando logré levantar mis párpados pesados como lápidas, mi cabeza descansaba sobre la arena dura y mojada, mientras el resto del cuerpo pugnaba por volver al agua tironeado por una minúscula y sibilina mar de fondo. Y eso me provocó mucho miedo, un verdadero pánico a desandar el camino y retornar a los vendavales del océano. De modo que hice un esfuerzo sobrehumano, giré sobre mí mismo y comencé a arrastrarme sobre la arena, hasta que pude levantar la cabeza en la oscuridad fría y ventosa.

No podía ser que viese lo que estaba viendo. A unos doscientos metros, casi ocultas por las ondulaciones de los médanos, se veían las luces mortecinas de los primeros ranchos de Santa Ana.

Entonces comencé a gritar, a llamar a todos los conocidos que recordaba, temiendo en realidad que no estuviesen allí, sobre sus tibios colchones de lana o contando mentiras alrededor del fuego o rodeando una mesa servida con platos de lentejas con arroz en un caldo oscuro y caliente con aroma de laurel.

Me arrodillé en la arena y comencé a gritar con todas mis fuerzas por Ivo, por María la Pescadora, por Coraje Martínez, por Pizarro, por el capitán Lander y por todos los que habían navegado conmigo alguna vez, tras el canto de la corvina negra.

Y cuando se me agotaron los nombres de mis paisanos, que empecé gritando el nombre con olor a aceite acanelado de Marlene, ya todos habían salido afuera con los faroles en la mano y se habían detenido sobre la cresta del médano a mirarme, asombrados o atemorizados, nunca pude saberlo con certeza.

Lo que sí recuerdo con claridad, es que al verlos bajar por la ladera de arena formados así, en abanico, como una vanguardia de ejército cansado avanzando con aquel esplendoroso rosario de faroles naranjas levantados a la altura de sus cabezas, sentí que mi asunto mental iba en serio. Que desde allí mismo, de rodillas, mientras sacudía los brazos hacia delante, mientras abrazaba estrechamente al viento helado que venía de las tinieblas, comenzaba a gritarles como un encantado:

—*Agora, marinheiros, agora...! Estou a chegar à nossa terra!*

Abril de 2001

LA ÚLTIMA AVENTURA

RAMÓN DÍAZ ETEROVIC

*A Hugo Vera Parra,
esta historia que me contó su padre
y que más tarde imaginé.*

El pueblo ha cambiado. Sólo el mar que lo rodea sigue igual. Se han construido nuevas casas, algunas de sus calles lucen pavimentadas y con semáforos en sus esquinas; existen dos o tres buenos hoteles que acogen a los turistas y viajar hacia las ciudades vecinas ya no es tan difícil. También la gente ha cambiado. Otros niños juegan en las calles y de aquella época pocas son las personas que reconozco cuando pasan frente a mi ventana. Seguramente ellas ni recuerdan la última aventura del loco Nogueras, que fue como la llamaron en las crónicas del entonces único diario del pueblo. El lugar que habito tiene una ventana desde la cual diviso el mar. Mis días transcurren sin sobresaltos; desde la mañana, y hasta que el sol se esconde tras las montañas nevadas, observo las olas que incansables cumplen su cotidiano rito de adioses y regresos, recordándome con su ir y venir que un día el mar fue mi ilusión y mi desgracia. Ha transcurrido mucho tiempo desde las conversaciones con el gringo Dollenz y con Valcarce, cuando aún la idea del gringo no pasaba de ser una humorada que dejaba caer sobre la mesa del bar, junto a las piezas de dominó y las botellas de cerveza que cada tarde bebíamos, sin otro afán que acortar las horas que se repetían al ritmo del viento que limpiaba las calles de Puerto Natales, pueblo patagónico al que había llegado por el azar de un empleo y la necesidad de recibir una paga que, en su mayor parte, iba a dar a las arcas del dueño del bar La Esperanza. Las cervezas, los partidos de fútbol que terminaban con el infaltable asado de cordero, los diarios que de tarde en tarde llegaban al pueblo y nos permitían saber lo que sucedía en Santiago o Buenos Aires: alguna película mexicana en el cine Libertad y la oportunidad de hojear una revista de chistes picarescos y mujeres desnudas, a solas, cuando el cuerpo imponía un descanso después de una noche de farra. Ésas eran ls únicas entretenciones que teníamos para espantar el tedio. Lo demás era soñar que la vida podía ser diferente, gracias a un golpe de la suerte o a la decisión de huir del pueblo, embarcado como polizón en alguno de los barcos que llegaban al puerto a buscar la carne y la lana de oveja procesada en el Frigorífico ubicado a seis kilómetros del pueblo.

Valcarce era el más joven de los tres y el único que había nacido en Puerto Natales. Nunca había salido del pueblo. Su vida se resumía entre las calles polvorientas y la casa que compartía con su padre, de quien había heredado el oficio de pescador, la habilidad para los juegos de naipes y cierta actitud displicente para ir barajando el acontecer de los días sin otra ambición que un plato de comida y respirar. Cuando la pesca estaba floja, trabajaba en la carga de los barcos, pintaba casas o ejercía de ayudante en las faenas de esquila. Moreno, alto y de ojos vivaces, disfrutaba de la vida con la misma aparente alegría de los cisnes de cuello negro que nadaban cerca de la playa. Me gustaba su compañía y a veces, cuando nos reconocíamos asqueados de la rutina del bar, tomábamos uno de los botes de su padre y salíamos a remar por la bahía hasta que la fatiga nos indicaba que era tiempo de regresar.

Dollenz, el gringo, era el de más edad, y en la época de estos recuerdos bordeaba los treinta años. En su juventud había destacado como jugador de baloncesto en campeonatos estudiantiles. Pero eso era parte de su pasado, porque a pesar de su porte atlético, la curva pronunciada de su espalda delataba su ocupación de empleado administrativo en el Frigorífico Bories. Era soltero y vivía en una pensión donde le daban de comer y lavaban su ropa. En los días que recibía el pago de su sueldo, dejaba de lado la cerveza y pedía interminables copas de whisky que, a la hora de la embriaguez, lo hacían añorar a una mujer llamada Laura, de la que no daba más referencias que su nombre y su residencia en Santiago, adonde el gringo Dollenz, según aseguraba en medio de la borrachera, regresaría con los bolsillos rebosantes de dinero. A la mañana siguiente su deseo se esfumaba con la brisa que llegaba del mar o en el mismo instante en que el gringo salía de la pensión rumbo a la oficina, donde pasaba las horas contabilizando los ingresos y egresos del Frigorífico.

En cuanto a mí, no hay mucho que decir. Recién había cumplido mis veinticinco años y estaba empleado en una tienda de ultramarinos. Vivía solo, deseaba trabajar un par de años en el pueblo y luego partir hacia otro lugar, antes que la costumbre o un enamoramiento súbito me hiciera echar raíces. Mas, de todo eso ha pasado mucho tiempo, y ahora, quince años más tarde, sólo aguardo que pasen los días, con la única entretención de mirar el mar que, como ya dije, alguna vez fue mi ilusión y mi desgracia.

Al principio nos reímos del gringo. No pensábamos que estuviera hablando en serio. Su idea parecía tan descabellada que sólo podíamos pensar en ella cuando la cerveza había hecho efecto en nuestros ánimos, y cualquier cosa que se dijera alrededor de la mesa era motivo de risa y entusiasmo.

—¡Es una locura! En un par de horas todo el pueblo estaría enterado —dijo Valcarce y yo me sumé a su sentencia con una carcajada que rompió la quietud del bar. Dollenz se limitó a mover la cabeza, como si el pescador y yo hubiéramos sido dos energúmenos incapaces de entender la seriedad de su idea.

Tal vez el asunto debió quedar en la broma y entre las paredes del bar, asumiéndose que una cosa era los sueños y otra nuestra realidad de hombres condenados a seguir por la vida sin mayores sobresaltos, habituados a las rutinas del pueblo, a nuestros trabajos y a las horas que marcaba el viejo reloj de pedestal instalado en una esquina del bar, junto a la salamandra que entibiaba el ambiente y un deteriorado afiche de cigarrillos. Sin embargo no fue así. Dollenz dejó pasar una o dos semanas, y una tarde, después de oírme maldecir la vida que llevábamos en el pueblo, insistió.

—En el Frigorífico se guarda el dinero para el pago del sueldo mensual de los obreros —dijo, lentamente, como mascando sus palabras—. Dinero, mucho dinero. Una vez al mes, y durante todo un fin de semana, el dinero permanece en la caja fuerte instalada en la oficina del jefe administrativo.

—El dinero es de los obreros —dijo Valcarce.

—Es el dinero del Frigorífico —rectificó Dollenz, mientras pasaba el dorso de su mano derecha por sus labios humedecidos por la cerveza—. Los obreros no van a perder nada.

—¿Cuál es el plan? —pregunté, más por curiosidad que por real interés.

Los ojos del gringo brillaron de entusiasmo. Extendió uno de sus brazos para palmotearme en las espaldas.

—Conozco la clave de la caja fuerte y sé como entrar a la oficina donde la guardan. Sacamos el dinero, Valcarce hace como que sale de pesca y lo lleva a esconder lejos del pueblo. Esperamos tres o cuatro meses, tal vez medio año, y luego repartimos el botín en tres partes iguales y cada cual hace lo que le venga en ganas con el dinero.

—Una cosa son las bromas y otra, muy distinta, robar —dijo Valcarce—. Yo no tengo pasta de ladrón y además, tengo amigos que trabajan en el Frigorífico y no me gustaría hacerles una mala jugada.

—Nunca ha pasado nada igual en el pueblo y cuando cometamos el robo, los carabineros del retén no van a saber a qué santo recurrir. No saben hacer otra cosa que apalear huelguistas y encerrar borrachos en el calabozo.

—La idea tiene sentido —dije al tiempo que miraba el mar por la ventana del boliche.

—No cuenten conmigo —dijo Valcarce—. No quiero pasar el resto de mi vida en un calabozo ni quiero que mi padre tenga una razón para avergonzarse de su hijo.

—Los tres o ninguno —sentenció Dollenz—. Y si no es así, aquí nadie ha dicho nada.

No volvió a mencionar el asunto por algunas semanas. Valcarce y yo evitamos tocar el tema, tal vez para no provocar discusiones o porque en esos días el principal tema de conversación fueron los cincuenta millones de pesos que ganó un vecino en el juego de la Lotería. Valcarce seguía yendo al mar en busca de peces, Dollenz tras de su escritorio y yo en la tienda, distraído, dejando que mis miradas surcaran las olas que veía crecer en el horizonte mientras pensaba en las posibilidades de éxito que podía tener el plan.

—¿Es mucho el dinero que guardan en el Frigorífico? —preguntó inesperadamente Valcarce, una tarde en la que estábamos reunidos en el bar.

—Mucho es poco decir —respondió Dollenz, indiferente, como queriendo demostrar que el plan era algo que tenía olvidado o al que ya no le otorgaba el mismo entusiasmo de la primera vez.

—¿Y nadie lo cuida?

—Hay un guardia por las noches. Un viejo que suele quedarse dormido antes de la medianoche. El jefe administrativo del Frigorífico lo sabe y no le importa. Nunca piensa en un robo importante, porque las posibilidades de huir del pueblo son pocas y complicadas.

—Y entonces, ¿cómo lo haríamos?

—¿Tengo cara de ladrón, Valcarce?

—No.

—¿Y Nogueras?

—Tampoco —respondió Valcarce, al tiempo que

me miraba como intentando descubrir algún rasgo especial en mi rostro.

—En el pueblo nos conocen y nos tienen confianza. La idea es cometer el robo en la temporada de turismo, cuando el pueblo esté lleno de extraños de los cuales los carabineros podrán sospechar.

—¡Piensas en todo! —dijo Valcarce, con entusiasmo.

—Pero sigue siendo un asunto de tres —respondió Dollenz y enseguida llamó al mozo de La Esperanza para que nos sirviera otra ronda de cervezas.

Valcarce bajó la mirada.

—¿Y tú, Nogueras, qué dices? —preguntó Dollenz.

—La idea me seduce —respondí, aunque en mi interior dudaba de mi capacidad para participar en el plan del gringo y esperaba que con el paso de los días quedara en el baúl de las ideas muertas.

—No podría vivir en una celda, sin el viento ni el mar a mi alrededor —dijo Valcarce.

—Los tres o ninguno —agregó Dollenz repitiendo su sentencia de días pasados—. Y si no es así, aquí no se ha dicho nada.

Y no dijo nada hasta la noche en que Valcarce volvió a plantear el tema con una pregunta que pareció helar aún más las cervezas que bebíamos.

—¿Cuál sería la fecha más apropiada para el robo? —preguntó.

—Para qué pensar en cosas que nunca se harán —respondió el gringo, evasivo.

—He decidido entrar en tu juego, Dollenz.

—¿Por qué ahora, después de tantos meses?

Valcarce movió los hombros, como si con ello hubiera podido despertar una respuesta adecuada dentro de sus pensamientos.

—Es bueno hacer algo que rompa con la monotonía del pueblo —dijo, finalmente—. La pesca y sus miserias me tienen aburrido. Quiero conocer otros lugares y buscar un nuevo horizonte para mis días.

—¿Y tú qué dices? —me preguntó Dollenz.

—A nadie le vienen mal unos pesos extra en la billetera.

Dollenz dijo que el robo sería el fin de semana siguiente a la Navidad. Para entonces, los ánimos estaban más relajados y habría arribado al pueblo la primera oleada de turistas. Mientras llegaba el día convenido, Valcarce debía encontrar un sitio adecuado para esconder el dinero. Dollenz se preocuparía de reestudiar las rutinas del Frigorífico y, si la ocasión se presentaba, ensayar la apertura de la caja de fondos. Lo demás era seguir con nuestras ocupaciones habituales, mantener las citas en el bar y no comentar con nadie la idea del robo. Al día siguiente, que era domingo y yo no tenía que trabajar en la tienda, acompañé a Valcarce a la mar, y antes que él desplegara las redes de pesca, nos dedicamos a estudiar los rincones más resguardados de la costa hasta que dimos con uno al que sólo se podía llegar en bote y estaba lo suficientemente aislado como para esconder el botín.

—No menciones el robo mientras estemos en el mar —me advirtió Valcarce—. Mi padre dice que el mar castiga a los que lo usan con malos fines.

—Eso no es más que un cuento de pescadores supersticiosos —respondí, esbozando una sonrisa—. El mar es sólo una gran pileta que a veces se agita más de lo conveniente.

—El mar tiene oídos y un corazón rencoroso, Nogueras. Es lo único a lo que temo —dijo Valcarce y quedó con su mirada fija en el horizonte, como esperando que de un momento a otro emergiera la rabia desatada de una ola—. Preferiría que el dinero lo guardáramos en otra parte.

—Mejor lejos del pueblo, para no tener la tentación de gastarlo. Dollenz dice que la prisa ha traicionado a muchos ladrones impacientes.

Pasados los festejos de la Navidad llegó el momento de llevar el plan a la práctica. Era una noche de sábado. Para no despertar sospechas nos reunimos en el bar, y entre una y otra copa acordamos la forma en que nos iríamos retirando y el punto donde nos encontraríamos para dar rienda suelta a nuestro sueño más oculto. Poco antes de la medianoche, y pese a que había bebido menos que en otras oportunidades, el gringo Dollenz, con pasos intencionadamente retorcidos, abandonó el bar dejando a sus espaldas una estela de bromas por su aparente ebriedad. Encendí un cigarrillo y cuando terminé de fumarlo seguí el camino de Dollenz, con una pequeña detención frente a la barra del bar que me permitió comentar a uno de los mozos que me sentía cansado y con ganas de llegar pronto a la cama. Desde la puerta grité un último adiós a Valcarce y salí tras las huellas de la noche, sintiendo en mi rostro los latigazos del viento que se deslizaba por las calles del pueblo. No vi un alma en el recorrido que hice para llegar hasta donde esperaba Dollenz, oculto junto a un árbol.

—Va a salir todo bien, Nogueras —me dijo, y enseguida se refugió en un silencio reconcentrado que pareció durar una eternidad.

»Valcarce se demora más de la cuenta —agregó minutos más tarde—. ¿Se habrá arrepentido?

—¿Quieres que vaya a buscarlo? —pregunté con la esperanza de acortar la espera y olvidar las dudas que comenzaban a deteriorar mi ánimo. Dollenz pensó su respuesta, pero antes que llegara a decir algo, vimos aparecer una sombra tambaleante que se aproximaba a nuestro encuentro. El viento parecía haber aumentado de intensidad y a nuestro alrededor, como un aullido tenebroso, se escuchaba el silbido que provocaba al chocar en los techos de zinc de las casas. Saqué un cigarrillo desde mi chaqueta. Dollenz me lo arrebató de los labios y lo arrojó al suelo.

—¡Vas a llamar la atención de los vecinos! —reclamó, nervioso.

—De noche y con el viento que hay, dudo que los vecinos se enteren de lo que pasa en la calle.

—Nunca se sabe, Nogueras. Nunca se sabe.

Valcarce llegó junto a nosotros. Su respiración era agitada e intuí que eso tenía relación con su demora en el bar o con el miedo que debíamos vencer para seguir adelante con lo propuesto.

—La caja fuerte nos espera —dijo Dollenz y se puso en marcha.

Seguimos sus pasos y después de una media hora de esforzada marcha llegamos hasta la entrada del Frigorífico. El lugar parecía en calma y en el cielo algunas nubes oscuras ocultaban la cara festiva de la luna. Avanzamos por un sendero de ripio y nos detuvimos frente a la enorme construcción de ladrillos donde funcionaba la administración del establecimiento. De su interior brotaba una leve luz amarilla. Sentí una súbita inquietud, pero Dollenz, adivinando mis pensamientos, dijo que la luz provenía de la pieza que ocupaba el guardia y se dispuso a entrar. Valcarce y yo nos quedamos en las sombras esperando las instrucciones de Dollenz. Fue en ese instante cuando pensé que no siempre las cosas resultan como uno espera, y mis aprehensiones se confirmaron minutos más tarde, cuando al ingresar a la oficina contable vi al guardia tirado en el suelo. Dollenz le había atado las manos tras la espalda y el hombre mostraba en su rostro las amoratadas huellas de unos golpes. Me detuve un instante junto al guardia y observé su respiración entrecortada. Valcarce llegó a mi lado y sonrió como si estuviera observando un espectáculo circense o algo parecido.

—Se ve mal. Parece que el gringo se puso nervioso y se le pasó la mano —comentó Valcarce.

No alcancé a decir nada. El grito de Dollenz llegó desde una sala interior del Frigorífico y sin pensarlo dos veces, caminamos a su encuentro. Estaba de pie, junto a una caja fuerte que le llegaba a la altura de la cintura. Cuando nos vio llegar soltó una maldición y dio un suave puntapié a la caja.

—No puedo abrirla —dijo—. El jefe administrativo debió cambiar la combinación.

—Podríamos forzarla —dije.

—¿Con el abrelatas que guardo en mi escritorio? —preguntó Dollenz, irónico—. Necesitamos herramientas y una buena cantidad de tiempo.

—¡El robo se nos fue a la mierda! —exclamó Valcarce.

—Aún nos queda otra opción —dijo Dollenz—. Llevemos la caja hasta el bote y la trasladamos hasta el escondite previsto. Después, en dos o tres semanas más, vemos la forma de abrirla.

—¿Y cómo la movemos? —preguntó Valcarce—. Debe pesar sus buenos doscientos kilos.

—En el patio hay una carretilla que se usa para el traslado de bultos y cajas pesadas —agregó Dollenz.

Siempre he pensado que fue un milagro que nadie nos descubriera esa noche. Demoramos más de media hora en subir la caja fuerte sobre la carretilla y enseguida la atamos con la soga que Dollenz encontró en una de las bodegas del Frigorífico. Luego, procurando que la caja mantuviera su equilibrio, salimos a la calle y comenzamos a avanzar lentamente hacia el mar que, a cuatro o cinco cuadras de distancia, rugía como una bestia malhumorada. A cada paso que dábamos la caja amenazaba con irse a un costado u otro. Valcarce conducía la carretilla. Dollenz y yo ayudábamos a mantener la caja en su sitio. A una cuadra del muelle, Valcarce metió la carretilla en un bache de la calle y la caja fue a dar encima de una charca. Durante unos segundos estuvimos alertas a los ruidos que podían llegar desde las casas vecinas. Pero nadie nos escuchó o a nadie llamó la atención las sombras de nuestros cuerpos ni de la caja fuerte que después de un gran esfuerzo conseguimos volver a poner encima de la carretilla. El murmullo de las olas nos alentó a llegar hasta la orilla del mar y luego avanzar hacia el rincón rocoso donde esperaba el bote de Valcarce. No fue fácil, pero al final de una ruda lucha contra los vaivenes del bote, el viento y nuestros temores, logramos subir la caja en la embarcación. Los alrededores estaban oscuros y al mirar hacia el pueblo sólo se reconocían dos o tres luces que emergían del interior de algunas casas.

—¿Y ahora qué? —pregunté.

—¡A navegar! A navegar lo más rápido posible hasta llegar al escondite —respondió Dollenz.

—De noche y contra el viento es una locura —dijo Valcarce.

—¿Tienen otra idea mejor? —preguntó Dollenz y como si su interrogante hubiera sido una orden, los tres subimos al bote.

Dollenz se acomodó al medio de la nave, junto a la caja fuerte. Valcarce lo hizo en la popa para maniobrar el timón del motor, y yo me acurruqué en la proa, sintiendo los golpes del viento en la espalda. Luego, a una orden de Dollenz, Valcarce hizo andar el motor y raudamente comenzamos a alejarnos del pueblo. En medio del mar, rodeado por la noche y el temporal, el bote semejaba una hoja de papel arrojada al cauce rabioso de un río. Una y otra vez enfrentaba las olas, hundía su proa en el agua y volvía a situarse sobre las olas, victorioso hasta el siguiente embate. Al cabo de una hora noté que era poco lo que habíamos logrado avanzar, como si una mano gigantesca nos hubiera mantenido sujetos a la costa. El bote se movía de un lado a otro, Dollenz se abrazaba a la caja y con ello se mantenía intacta la esperanza de terminar con éxito nuestro viaje.

—Es cosa de aguantar unas horas —dijo Valcarce—. La navegación será más fácil cuando amanezca y calme el viento.

Sin embargo, llegó la mañana y el temporal no amainó. En el horizonte sólo veíamos las olas que crecían y avanzaban, indiferentes al precario equilibrio de nuestra embarcación que era barrida por la furia del mar. El frío nos calaba los huesos. El agua se deslizaba por nuestros rostros, y sólo el saber que ya no podíamos volver atrás nos mantenía fieles a un horizonte que no podíamos ver, pero intuíamos al final de cada ola. En algún momento, Valcarce propuso regresar a tierra y Dollenz le dijo que eso no lo haría jamás, porque había salido de Puerto Natales para intentar otra vida y prefería morir entre las olas antes de dar la cara a la gente del pueblo. Valcarce no insistió y durante el resto del día se limitó a guiar la lancha. Al anochecer la situación seguía igual y casi no hablábamos entre nosotros. La sed y el hambre nos reprochaba la improvisación de nuestro plan. Valcarce lucía a cada rato más preocupado y Dollenz parecía ausente, como si sólo su cuerpo fuera dentro de la embarcación y sus pensamientos vagaran en medio de otro paisaje, más cálido y prometedor que el que nos envolvía.

—El maldito temporal no puede ser eterno —gritó Valcarce, y sus palabras llegaron a mi lado como el eco de un reclamo inútil.

Después el mar se cansó de jugar con nosotros y supe que el futuro era una frágil línea sobre el agua. Dollenz encendió un cigarrillo, pero apenas alcanzó a darle una calada antes de que una ráfaga de viento se lo arrebatara de los labios. El gringo maldijo en silencio y se abrazó a la caja fuerte, como si de ella hubiera podido brotar la tibieza que necesitaba para calentar sus huesos. Quise hacerle una pregunta que lo obligara a darme alguna palabra de aliento, pero comprendí que en ese instante el único diálogo posible era con el viento que parecía empeñado en castigarnos por nuestras faltas. Pensé que una vez recibida la parte del botín que me correspondía, viajaría lejos, a un sitio donde los recuerdos se hicieran borrosos. También pensé en la furia del mar y en lo que había dicho Valcarce sobre el corazón del mar. Me reí para mis adentros y me dije que la tormenta que nos asediaba era sólo una cosa de la mala suerte y que pronto, con la llegada del amanecer, los hechos de las últimas horas no me parecerían tan disparatados. Una maldición de Valcarce me sacó de mis pensamientos. Lo vi golpear el motor con una de sus manos y supuse que algo andaba mal. De pronto cesó el ruido del motor y junto con eso tuve la impresión de que el mar acentuaba su ira. Pregunté a Valcarce por lo que sucedía, y mis palabras fueron arrastradas por el viento.

En este punto la memoria me traiciona. Desde mi ventana miro el mar. Recuerdo y miro el mar. Pienso que hay situaciones que son absurdas, como vivir acumulando esperanzas para un momento determinado y que cuando éste llega tiene la fragilidad de un segundo, de una bocanada de humo frente al viento. Pensar en la caja fuerte, en el plan del gringo y en el mar como una gran puerta de escape nos mantuvo ilusionados durante muchas semanas. Dio un sentido a nuestras vidas y nos hizo olvidar que hasta el instante en que Dollenz nos metió la idea en la cabeza no éramos otra cosa que tres borrachines de un pueblo insignificante. Por eso no me importó que el viento se llevara mis palabras y pensé que el botín que trasportábamos era nuestra posibilidad de tocar el cielo con las manos. Era preciso mantener la esperanza y confiar en el éxito del plan. Sin embargo, más tarde, cuando la desesperación se confundía con cada ola que nos azotaba, ocurrió lo inesperado. Todo fue tan breve y rápido que aún hoy me sorprendo de que aquello perdure en mis recuerdos. Valcarce se puso de pie y cuando intentaba tomar los remos que yacían en el fondo del bote, perdió equilibrio y su cuerpo fue a dar al mar, acompañado de un grito que fue tragado por la noche. La embarcación se meció peligrosamente. Miré al gringo Dollenz y lo vi estático, aferrado a la caja fuerte, sin saber qué hacer. El bote se inclinó hacia un costado y como un animal herido que se resiste a seguir en pie, la caja de fondos se ladeó y lentamente, como si hubiera comprendido que en su interior anidaban nuestros sueños, cayó al mar. La caja flotó unos segundos, los suficientes para que Dollenz la viera alejarse y, en un gesto tan inútil como suicida, se lanzara al agua tras de ella. El gringo braceó desesperadamente. Lo vi hundirse en una ola, y enseguida lo perdí de vista para siempre.

Al caer la caja al mar el bote comenzó a moverse de un lado a otro, y en mi desesperación sólo atiné a aferrarme a uno de sus maderos. Sentí venir las olas y como en mi infancia, intenté decir una oración. Una enorme masa de agua se dejó caer sobre el bote y lo último que sentí fue el dolor de mi cabeza al golpearse contra el agua. Después debí perder la conciencia y sólo desperté algunas horas más tarde. El mar se había calmado y mi rostro era picoteado por los rayos del sol. Sin remos, con su motor averiado y sin más carga que mi cuerpo, el bote navegaba al arbitrio de las olas. Quise gritar y no pude. Recosté la cabeza sobre mis brazos y, resignado, me dormí. Tres días más tarde me rescató una lancha de la Armada que andaba en misión de patrullaje. Los marinos me dieron de comer y me condujeron hasta el hospital del pueblo.

Al principio, nadie me relacionó con el robo, pero ciertas palabras que gritaba en mi delirio me delataron. Cuando desperté, junto a mi cama en el hospital, había un policía de guardia. Por él me enteré que el vecindario se había alborotado con la noticia del robo, que el guardia del Frigorífico había muerto, y que tal cual lo imaginara el gringo Dollenz, durante varios días se había pensado que los responsables eran algunos de los turistas que visitaban el pueblo. Lo demás hace mucho tiempo que dejó de tener importancia. Los cuerpos de Dollenz y Valcarce nunca fueron encontrados y sobre la caja fuerte extraviada comenzaron a tejerse una serie de leyendas. Que habíamos alcanzado a dejarla en una isla, que nunca la sacamos del pueblo, que unos buzos centolleros la habían rescatado del fondo del mar. Fábulas, simples fábulas que durante algunos meses sirvieron para animar las conversaciones en los bares y las páginas del diario local. La verdad es que confesé mi participación en el robo antes que nadie me apremiara con sus preguntas. El resto, ya lo dije, es mirar el horizonte y pensar que alguna vez soñé tocar el cielo con las manos.

Abril de 2001

COMO UNA ISLA

JOSÉ MANUEL FAJARDO

Cada vez que mi padre zarpaba, la casa parecía vacía. El bullicio cotidiano era el mismo, mi madre atareada en las faenas domésticas y los cinco niños enfrascados en las típicas contiendas entre hermanos; sin embargo, su ausencia gravitaba sobre nosotros agrandada por un pacto tácito al que todos nos ateníamos: nunca se hablaba de él cuando estaba fuera. Supongo que era una manera de acallar la añoranza, aunque el tiempo ha venido a demostrarme que el silencio no remedia nada, tan sólo enquista los sentimientos. Y así, hoy, el recuerdo de mi infancia está marcado más por las ausencias de mi padre que por su presencia.

Sus escasas llamadas telefónicas, desde puertos remotos, congregaban a la familia en torno al negro aparato que estaba fijado a la pared del pasillo. Uno a uno, manteníamos con él brevísimas conversaciones, siempre convencionales, en las que nos preguntaba si estábamos bien y nosotros tratábamos de sonsacarle si nos traería algún regalo. Después, los niños nos retirábamos al comedor o a nuestras habitaciones, y mi madre se quedaba a solas en el pasillo y su voz se hacía más tenue y era muy difícil saber si hablaba o sollozaba. A mí aquel murmullo indescifrable me sumía en una tristeza que sólo conseguía disipar saliendo a la calle y yendo hasta la orilla de la ría para ver pasar los barcos bajo la gigantesca armazón del puente transbordador de Portugalete, cuya plataforma metálica, suspendida por largos cables de la altísima estructura de hierro, desplazaba a peatones y vehículos de una orilla a otra. Pero cuando un gran carguero remontaba la corriente, rumbo al puerto de Bilbao, las dimensiones del puente parecían alterarse. Ver pasar el carguero era como ver desplazarse un edificio sobre las aguas, y la filigrana metálica de vigas y cables de torsión bajo la que se deslizaba semejaba entonces tan frágil como un castillo de naipes, tan frágil como yo mismo, diminuto y pasmado, apoyado en la baranda de la ribera y absorto en la contemplación del descomunal navío y de los pequeños botes de los prácticos del puerto, que lo guiaban ría arriba.

La rutina de la espera, entre llamada y llamada, sólo se alteraba cuando la televisión daba noticia de alguna tormenta o del naufragio de un barco. Poco importaba que en aquel momento mi padre navegase por otras aguas, las imágenes de las olas enfurecidas o del rescate de los cadáveres hacían que el fantasma de la muerte revoloteara por la casa como un ave de mal agüero.

A veces, de vuelta del mar del Norte, rumbo a Lisboa, a Estambul o a Dakkar, el barco de mi padre tocaba puerto en alguna ciudad más o menos cercana a Bilbao, como Santander o Gijón. Si su llegada a Santander coincidía con el fin de semana, mi madre sacaba el coche, que nunca utilizaba entre semana, y en su interior nos apretábamos todos como podíamos, mareados por las sinuosas carreteras de la costa cantábrica y ansiosos por llegar a tiempo para recibirle y poder almorzar con él. Ya en el muelle, formábamos un inquieto grupo mientras observábamos cómo el carguero maniobraba para el atraque, y acudíamos en tropel hasta la pasarela de abordaje en cuanto le veíamos asomarse a cubierta, corpulento y atildado, con su gorra de capitán y sus maneras serias y reconcentradas. Una vez a bordo, nos recibía con una sonrisa tímida y un brillo asombrado en sus ojos azules, como si le costara trabajo reconocernos después de los meses de ausencia. Como si las soledades marinas todavía le retuvieran en algún paraje lejano del que le resultara difícil regresar. Después venían los besos, los abrazos y las bromas pues, por mucho que quisiera ocultarlo tras sus silencios y sus refunfuños, el suyo era el corazón de un hombre bueno y en sus ojos había siempre algo de inocente, de niño grande, que se hacía más explícito cuando se ponía a jugar con nosotros, los pocos días que pasaba en casa, y acababa por el suelo entregado a entusiasmos y a rabietas infantiles.

Pero si el barco tocaba tierra en otro puerto más alejado, como el de Gijón, mi madre nos dejaba en casa de los abuelos y se marchaba sola, con un aire nervioso y juvenil que desaparecía en el transcurso del fin de semana, pues en su rostro, al regresar el domingo por la noche, había siempre una sombra de preocupación y aun de amargura. O al menos, así es como me la representa hoy la memoria. Sólo en tales ocasiones se rompía nuestro tácito pacto de silencio y mi madre nos contaba cómo había visto a papá, de qué países venía, hacia dónde se dirigía y qué le había encargado que nos dijera: palabras de cariño, buenos deseos y la promesa de regalos cuando regresara. Después, nadie volvía a hablar de él, aunque cada cual, a solas, lo evocaba a su manera. La mía era mediante los mapas.

Encerrado en la habitación que compartía con mis hermanos varones, me pasaba las horas consultando la enciclopedia y fantaseando, ante un grueso atlas, acerca de los mares y las tierras que mi padre visitaba. Me fascinaban los profundos fiordos noruegos, la barrera de islas que daba entrada al mar Báltico, las fotografías de los blancos acantilados de la costa inglesa en el canal de la Mancha, la angostura del paso de los Dardanelos y la árida mancha marrón que ocupaba en el mapa la costa africana desde Marruecos hasta casi la misma ciudad de Dakkar. La idea de esos dos desiertos, el de arena y el de agua, enfrentados cara a cara, como haz y envés de lo inhóspito, me inquietaba particularmente. Sin duda, mi padre había visto paisajes terribles, fascinantes, extraños, pero yo no lograba adivinar rastro alguno de tales imágenes en sus ojos azules, que sólo parecían reflejar la inmensidad del cielo. Y cuando le preguntaba por todos aquellos lugares, me respondía siempre con anécdotas domésticas de marineros borrachos, problemas burocráticos o incomodidades idiomáticas. Yo sabía bien que mi padre era hombre observador, lo había comprobado cada vez que pasábamos unos días en la casa que teníamos en un pequeño valle de la provincia de Álava. Le gustaban las excursiones y se extasiaba ante la contemplación de la naturaleza. Era capaz de reconocer pájaros y árboles, hierbas y huellas, como si fuera guarda forestal en vez de marino. De modo que si lo poco que me contaba de sus viajes no era más que una colección de trivialidades sólo podía ser porque prefería guardar para sí unos sentimientos que se me escapaban. Eran su secreto, un misterio que yo me esforzaba vanamente en adivinar tratando de imaginar sobre el papel del atlas aquello que él estaba viviendo. De tal empeño no saqué más que una precoz manifestación de miopía y una pasión por la cartografía que aún hoy me dura y que me ha llevado a visitar con entusiasmo cuantas exposiciones de portulanos se han inaugurado en los últimos años. Y, ya en el modesto ámbito de la vida cotidiana, hallo siempre mayor placer en los preparativos de un viaje de vacaciones, mientras consulto guías y planos, que en el viaje mismo.

Por eso, lo primero que hice cuando mi jefe me habló de viajar a la República Dominicana, hace seis años, fue empezar a almacenar guías y mapas de la isla de la Española cual si fuera un marino presto a zarpar, aunque en realidad los mares que atravesaba diariamente nada tenían que ver con los que había surcado mi padre: no se veían agitados por inmensas olas sino por impulsos electrónicos. Desde hacía tres años, trabajaba en Madrid como relaciones públicas de una empresa informática cuya sede central estaba en Nueva York. Un trabajo que exigía poseer tanto el don de gentes como una intuición casi clínica, pues el estrés y la paranoia acechaban a la mayor parte de los ejecutivos de la empresa, engullidos en el torbellino de la competencia. Parte esencial de la terapia empresarial contra tales amenazas consistía en organizar, de tiempo en tiempo, convenciones en lugares para disíacos que permitieran por unos días a sus gladiadores del mercado sacarse el diablo del cuerpo con ayuda del alcohol, de la música, del sexo, de la naturaleza o de todo ello junto. Nadie esperaba de esas convenciones grandes acuerdos ni mayor efectividad que la de evitar tener que mandar al psiquiatra a la mitad de los jefes de ventas, los directores de asistencia técnica o los genios de la informática encargados de programarnos el futuro. Y cuando el escenario escogido para tal catarsis estaba en un territorio de lengua española, era yo quien se encargaba de devolver el gusto por la vida a nuestros ejecutivos. En aquella ocasión la cita era en la ciudad dominicana de Puerto Plata.

Yo había elegido un fastuoso complejo hotelero situado apenas a diez kilómetros de la ciudad, lo suficientemente cerca para que quienes quisieran curiosear el exotismo de la desdicha ajena pudieran visitar sus tristes arrabales y lo bastante aislado y protegido como para que los demás, que a buen seguro serían mayoría, no vieran enturbiado su paraíso por el espectáculo de esa pobreza. Yo debía viajar primero, para preparar el terreno, pero dos días antes de mi partida el señor Cubells, mi jefe, me hizo un encargo especial. Cubells era un madrileño flaco y de estatura mediana, aunque con una enorme cabeza en la que relucía una frente aún más desproporcionada. Sus maneras impertinentes trataban de ocultar su inseguridad y su falta de decisión, de modo que más que pedir las cosas anticipaba los reproches porque éstas no se hubieran cumplido ya, a la espera de ver si las excusas de sus empleados le reafirmaban o no en la conveniencia de realizarlas. A mí su juego me aburría enormemente, al igual que me resultaban tediosas mis labores de terapeuta de triunfadores en crisis, pero cada fin de mes la abultada nómina que engordaba mi cuenta corriente me ayudaba a encontrar en mi interior reservas de paciencia que ignoraba poseer. En aquella ocasión no tardé en descubrir que lo que mi jefe buscaba era dar un trato especial al responsable europeo de la empresa, el señor Dubois. Para conseguirlo, me reprochó primero no tener nada preparado y yo le respondí que tenía algunas ideas pendientes de su aprobación, lo que evidentemente era falso. Como no conocía a Dubois más que de vista, decidí dejarme llevar una vez más por la intuición y propuse organizarle una excursión especial, algo fuera de lo habitual.

—¿En qué ha pensado? —respondió Cubells con gesto interesado.

Escarbé desesperadamente en el fondo de mi memoria y, desde la noche de mis horas perdidas ante mapas y atlas, me vino un nombre salvador:

—Tengo el lugar perfecto: la isla de La Tortuga, la patria de los piratas.

Mi jefe se mostró encantado, pero los preparativos de la excursión resultaron mucho más complicados de lo que había podido imaginar. Realmente había seleccionado un destino original porque ninguna oficina de turismo incluía a la isla de La Tortuga en sus programas, de modo que me vi obligado a organizar yo mismo el viaje, cosa que en el fondo no me disgustaba en absoluto. Me las prometía tan felices curioseando mapas y guías cuando descubrí que no había manera de localizar un mapa detallado de la isla. Durante veinticuatro horas recorrí en vano bibliotecas y librerías especializadas. Ni siquiera en la embajada de Haití, país al que pertenece la isla, tenían un mapa en condiciones. Tuve que conformarme con una fotocopia de un viejo mapa del siglo XVII que saqué de un libro de historia de la piratería. Como no estaba hecho a escala, su utilidad era más bien simbólica.

El segundo problema era encontrar una embarcación para alquilar y fue de nuevo la sombra de la piratería la que acudió en mi ayuda pues recordé que hacía dos años, durante las vacaciones que pasé en la antigua villa corsaria francesa de Saint-Malo, había conocido a un capitán que se dedicaba a pasear turistas por el golfo. Se llamaba Toni Sarabia y era un mexicano amable, risueño y socarrón, de estatura media, piel cetrina, ojos pequeños y achinados, barba recortada y amplia calva cercada de crespos cabellos canosos. Le conocí en un restaurante en el que solía almorzar, Le Borgnefesse, y fue el chef, un bretón de piel blanquísima y humor feroz, quien me lo presentó. «Seguro que entre hispanos tienen muchas cosas de qué hablar», me dijo guiñando un ojo y, efectivamente, así fue. Hablamos sobre nuestros respectivos trabajos, yo le dije que era hijo de marino y él me contestó que desde que se había divorciado ya nada le retenía en México pues no tenía hijos. Pensé en alquilarle el barco para visitar la isla de Jersey, otra tierra de piratas donde tan viejo oficio no ha desaparecido del todo, según se cuenta de los pozos bancarios donde van a esconderse capitales de medio mundo, pero al final no lo hice. Volvimos a coincidir en el restaurante el mismo día de mi partida y nos despedimos deseándonos suerte. Yo volvía a Madrid y él me dijo que estaba harto del clima de Saint-Malo y que pensaba trasladar su negocio al otro lado del Atlántico, a la República Dominicana. Juraría que me había hablado de Puerto Plata, pero no estaba seguro. De todas maneras, no tenía más opciones.

Me costó dar con él. De hecho, no lo conseguí hasta que llevaba ya varias horas sobrevolando el océano a bordo del boeing 747. Reconocí su acento mexicano, algo distorsionado por el teléfono, y me alegró comprobar que se acordaba de mí, que recordaba nuestra conversación de Saint-Malo y, aún más, que disponía de un barco para poder realizar el viaje que yo planeaba. Sin embargo, me dijo que no podría verle a mi llegada pues debía zarpar esa misma mañana con unos clientes para un corto crucero. Ya no podía esperar más para tomar decisiones, de modo que acordamos por teléfono el precio, la fecha y el número de pasajeros que podía llevar: tan sólo cinco. Eso le daba a la excursión un aire de mayor exclusividad que sin duda agradaría al jefe. Nos citamos para el lunes por la mañana, en el muelle de Puerto Plata, y en los días siguientes, además de ocuparme de los detalles de la convención, entregué a las autoridades portuarias los nombres de los pasajeros entre los que, para mi contrariedad y según se me hizo saber por fax desde Madrid, debía estar el mío. Después de un sin fin de irritantes gestiones burocráticas, que incluyeron la obtención urgente de visados para entrar en territorio haitiano, me dirigí la mañana del lunes al muelle con mis invitados, no muy animado por la idea de pasar tres días surcando las inquietas aguas del Atlántico en compañía de aquellos peces gordos.

El capitán Sarabia me esperaba a bordo de la embarcación, que resultó ser una gran lancha de pesca, con el timón emplazado sobre la toldilla y un potente motor de 300 caballos, en cuyo casco destacaba, pintado en letras rojas, el nombre de un dios azteca, *Quetzalcóatl*. Pero la *Quetzalcóatl* era tan grande como destartalada. Su cubierta tenía esa pátina indeleble de las humedades marinas y necesitaba con urgencia una mano de pintura. La sala del castillete tenía dos largos bancos corridos, tapizados en una piel que había sido blanca pero que ahora estaba llena de manchas y de desconchones, que servían también de camastros. Los tres angostos y asfixiantes camarotes que había bajo cubierta apestaban a salitre y a una putrefacción oceánica de materias imposibles de imaginar. Allí todo estaba sucio y desordenado.

Antes de presentármelo, dos años atrás, el chef de Le Borgnefesse me había dicho que el mexicano era un tipo rico y excéntrico que había dejado sus negocios en Ciudad de México para convertirse en patrón de barco en la costa atlántica francesa. Con tales noticias yo imaginé entonces que su embarcación tenía que ser un lujoso yate; y ahora, dada la premura de mis gestiones y toda vez que el precio que habíamos acordado por sus servicios no había sido precisamente barato, ni siquiera se me había ocurrido ir al muelle para verla. Ya se sabe que las prisas son malas consejeras y yo lo supe al llegar ante la *Quetzalcóatl* en compañía de los señores Richardson, Atwood y Dubois, y de una alta muchacha rubia que se presentó, en un español con acento francés, con el nombre de Silvie. Los dos primeros eran norteamericanos y tenían la vulgaridad y el forzado desparpajo de dos personajes de telecomedia. En cuanto a Dubois, era el jefe de mi jefe. Un auténtico mandamás. Un tipo alto y grueso, con el pelo canoso coquetamente más largo de lo que la gente conservadora encontraría razonable, voz fuerte y profunda, maneras autoritarias e inequívoco aire petulante. Era la encarnación del hombre que se considera a sí mismo culto, original y superior. Un perfecto cretino con aires de Don Juan que estaba convencido de ser un experto, gracias a sus muchos viajes y a la cuarta parte de sangre española que llevaba en sus venas, en todas las culturas indígenas americanas, de las que afirmaba haber aprendido autocontrol y un especial sentido del erotismo. Así lo decía, lo juro.

Cuando vi la cochambrosa estampa de la *Quetzalcóatl* en el muelle de Puerto Plata, no pude evitar echar una mirada de reojo a Dubois. Para mi sorpresa, en su rostro no había atisbo alguno de enojo sino un resplandor triunfal. Deduje que el aspecto ruinoso de la embarcación se acomodaba a su idea de exotismo, aunque enseguida descubrí que había otros motivos para su entusiasmo pues comenzó un largo discurso sobre el dios mexicano que daba nombre a la lancha. Su erudición no pareció impresionar mucho a sus colegas americanos, pero convirtió en brillantes platos azules los ojos de la rubia que le acompañaba y a la que se había referido, al comunicarme que se uniría a nuestra excursión, como «una amiga programadora».

El capitán Sarabia, que nos había recibido con cordialidad, se enfrascó en la maniobra de desatraque, ayudado de su tripulación, que estaba formada por dos hombres: el piloto, un alemán rubicundo y malencarado llamado Hans, y el marinero Baloo, un mulato fuerte y ágil cuyo verdadero nombre era Esteban, pero que debía su apodo de personaje de Walt Disney a su pasión por los plátanos, plato esencial de su dieta. Al zarpar, lucía el sol sobre un mar calmo y azul, lo que hacía pensar en una cómoda travesía, pero el capitán Sarabia me señaló, desde la toldilla, el muelle que acabábamos de abandonar y, tras él, la alta silueta del monte Isabel de Torres, cuya cima coronaba una solitaria y oscura nube.

—¡Mala señal! —me gritó y sin más explicaciones volvió a su tarea al timón de la lancha.

El tiempo no tardó en darle la razón. Cuando no llevábamos más que una hora de navegación, siempre con la costa dominicana a la vista, el cielo trocó su luminoso azul por un gris azulón, el mar comenzó a agitarse en un creciente oleaje y la *Quetzalcóatl* inició un incesante cabeceo que hacía cada vez más difícil mantener el equilibrio. Para el resto del pasaje aquello tenía más de diversión que de incordio, para mí era el comienzo del suplicio. Nunca he podido soportar el oleaje marino.

En muy contadas ocasiones, cuando la travesía no era larga y el tiempo se preveía bueno, mi padre invitaba a algún miembro de la familia a viajar a bordo con él. Antes de que naciéramos nosotros, él y mi madre habían compartido la mayoría de sus viajes y a aquellos recuerdos teñidos de romanticismo volvía mi madre con frecuencia, cuando nos hablaba del zoco de Estambul o de la blanca alfombra de hortensias que cubría las laderas de las montañosas islas Azores. Todos los hermanos soñábamos gracias a ella con poder acompañar alguna vez a nuestro padre, pero el primero en conseguirlo fue el mayor, Ander. Al cumplir catorce años de edad, mi padre se lo llevó en un viaje hasta Rotterdam, donde el barco estuvo amarrado tres días mientras lo cargaban de repuestos industriales, cosa que aprovecharon para hacer breves visitas a algunas ciudades del país porque allí todo estaba muy cerca. A su regreso nos contó de los canales de Amsterdam, de sus tranvías y bicicletas. También nos dijo que los marineros le habían hablado de un barrio donde las prostitutas esperaban a sus clientes tras los cristales de escaparates, a la vista de todos, como si fueran maniquíes de lencería, pero que papá no había querido llevarle a verlas. La envidia que sus palabras despertaron en los demás hermanos pronto se vio acallada por una gran noticia: nuestro padre había decidido convertir aquel viaje en tradición familiar y, en adelante, cada hermano al cumplir los catorce años se embarcaría con él como regalo de cumpleaños. Yo tenía trece y los siete meses que me separaban de los catorce se me hicieron eternos.

Por fin llegó el día que tanto ansiaba. Mi padre tenía que zarpar rumbo al puerto noruego de Bergen, haciendo escala en Amsterdam, para recoger una carga de bobinas de papel. Subí a bordo provisto de mi mochila y del espíritu de aventura del joven Hawkins, el protagonista de mi libro de cabecera: *La isla del tesoro*. Me impresionaron el respeto con que los marineros se dirigían a mi padre y las dimensiones de la cubierta de carga, tapizada por las grandes escotillas rectangulares de las bodegas y recorrida por largos tubos grises. Todo me resultaba emocionante, incluso mi camarote —estrecho, tapizado en madera y situado al lado del de mi padre— en el que había un pequeño ojo de buey que dejaba entrar la claridad del día y una litera que me pareció demasiado pequeña para una persona mayor.

Nos hicimos a la mar conmigo apostado junto al timón, imaginando que era yo quien pilotaba la nave rumbo a una isla misteriosa. Pocas horas después, el mundo de mis fantasías se había volatilizado y sólo existía el mareo, un terrible mareo que me postró en cama y me tuvo vomitando durante horas, incluso después de que ya no quedara en mi estómago nada que arrojar. El viaje fue una pesadilla. El siempre arisco Mar del Norte se mostró intratable, sacudido por olas enormes y rachas de lluvia y viento que hacían desaparecer la proa, como si el barco entero se estuviera esfumando ante nuestros ojos. Yo procuraba mantener el tipo durante la jornada, con la ayuda de las pastillas contra el mareo que me había entregado el segundo, aunque lo cierto es que más que devolverme la paz lo que conseguían era atontarme. Pero durante la noche, cuando sentía que el mundo entero me daba vueltas y todo se bamboleaba de una manera irrefrenable, lloraba a solas en mi camarote mientras imploraba llegar por fin a puerto y escapar así de semejante tormento. No sabía que aún me aguardaba la ingrata sorpresa de descubrir el llamado vértigo del marinero, el intenso mareo que aqueja, al pisar tierra firme, a quien lleva tiempo en la mar.

Tres semanas después, a duras penas había logrado empezar a soportar la vida marinera cuando arribábamos al puerto de Bilbao y mi viaje llegaba a su fin. El perfil del puente transbordador de Portugalete se recortó a proa y pronto empezamos a remontar la ría, precedidos de la lancha del práctico. Desde la cabina del puente de navegación, veía las casas alineadas a ambas orillas y me sentía observado por quienes nos miraban pasar apoyados en la baranda de la ribera, como tantas veces lo había hecho yo. Ahora sabía que mi lugar estaba entre ellos. Miré a mi padre, que supervisaba la maniobra a mi lado y le susurré, temeroso de que me oyera el piloto:

—Por favor, papá, no les cuentes lo mal que lo he pasado.

—¿Te avergüenzas? —me preguntó, echándome una mirada de reojo, pero sin apartar del todo su atención de la navegación. Yo le dije que sí con la cabeza y él añadió—: Todos somos diferentes. No tienes por qué avergonzarte. A mí me dan miedo las inyecciones y por eso no soy un cobarde, ¿no te parece? Los hombres somos como islas de un archipiélago. Están unidas pero cada una es distinta. Se comunican por los pájaros, por las plantas que el mar arrastra o por las semillas y los insectos que el viento se lleva. Así se extiende la vida en cada una, a su manera. Tú eres hijo de marino pero no has nacido para la mar, no hay nada de malo en ello. Deja que el viento te traiga la vida para la que realmente estás hecho. Además, te voy a decir un secreto —se inclinó hacia mí y me murmuró al oído—: éste es un oficio de mierda, pero no se lo digas a tu madre. ¿De acuerdo? Así cada uno guardará el secreto del otro.

Me guiñó un ojo y volvió a concentrarse en las labores de atraque, ahora que al fin habíamos arribado al muelle. A través del ventanal de la cabina de mando vi a mi madre que nos esperaba bajo un paraguas, mientras la lluvia salpicaba el suelo empapado como si un millar de minúsculos insectos chapotearan en él. Atravesé la pasarela de desembarco con paso inseguro y me refugié en sus brazos con la alegría de regresar a casa y el alivio de volver a pisar tierra firme. El mismo alivio que volví a sentir al anochecer del día de nuestra partida de Puerto Plata, cuando arribamos al fin a Cap-Haitien, donde debíamos hacer noche antes de continuar hacia la isla de La Tortuga.

La mar se había encalmado y poco había que hacer en aquel puerto silencioso y desierto. Yo me encontraba tan mareado que apenas tenía fuerzas para caminar, de modo que después de dar un pequeño paseo por el muelle regresé a bordo dispuesto a buscar consuelo en el sueño. Pero la oscuridad y el hedor del camarote que compartía con el piloto alemán hicieron que aún tardara un buen rato en dormirme. Durante todo ese tiempo pude escuchar arriba, en la sala del castillete donde dormían Dubois y su amiga programadora, los indiscretos murmullos del deseo.

El día amaneció luminoso y sereno. La mar había recuperado la faz apacible de la mañana anterior, aunque afortunadamente en esta ocasión no se trataba de un engaño. La navegación fue tranquila y no llegó a provocarme más que ligeras molestias, de tal modo que pude al fin disfrutar del verdor de la costa haitiana, que ofrecía a babor un lujurioso espectáculo de manglares y cerros arbolados. Sentados en la cubierta de popa, Dubois aprovechó la calma y el silencio de los demás, absortos como estábamos en la contemplación del paisaje, para retomar su monólogo sobre las culturas aborígenes americanas. Su perorata se prolongó más allá del límite de la paciencia e incluso la rubia Silvie había empezado a dejar que sus ojos azules buscaran refugio en el horizonte a donde, obviamente, había mandado también sus pensamientos, cuando el capitán Sarabia, que había permanecido todo aquel tiempo en la toldilla entregado a las tareas de la navegación, vino a sentarse junto a nosotros, mientras Hans gobernaba el timón. Su llegada pareció animar a Dubois a continuar con sus explicaciones y, al poco rato, el rostro del mexicano fue pasando de la curiosidad al asombro y de éste al enojo. Por fin, aprovechando que Dubois se tomó un respiro en su prolija descripción de los mapuches chilenos, dijo:

—No es tan fácil conocer las culturas indígenas americanas, señor. Yo ni siquiera conozco todas las de mi país.

—Bueno, puedo recomendarle algunos libros —comenzó a decir Dubois conmiserativamente, pero Sarabia siguió hablando sin prestarle atención. Contó algunas historias de comadres del pueblecito del que era originaria su familia, al pie de uno de los más activos volcanes mexicanos, y nos explicó la razón de que hubiera llamado *Quetzalcóatl* a su lancha.

Para ello empezó contándonos la leyenda del dios de los toltecas, Quetzalcóatl, de quien se decía que era amante de la paz y enemigo de los sacrificios humanos, y cuyos seguidores eran renombrados como hombres entregados al culto y a la perfección moral. Entre sus sacerdotes había uno especialmente piadoso que había tomado el mismo nombre de Quetzalcóatl y que se opuso incansablemente a quienes pretendían introducir los sacrificios en la antigua religión. Desdichadamente, su causa fue derrotada y él, incapaz de aceptar la crueldad del nuevo culto, decidió abandonar la ciudad sagrada de Tula y marchó hacia oriente, hacia la tierra roja donde nacía el sol, más allá del mar. Desde entonces, la religión que defendía y su propia figura se convirtieron en legendarias evocaciones de un glorioso pasado de paz y armonía que, según una profecía, habría de volver cuando Quetzalcóatl regresara de su secular exilio.

—Por esa razón —concluyó Sarabia—, cuando los aztecas vieron llegar a los primeros españoles, en sus barcos procedentes de oriente, los tomaron por enviados de los dioses, por el mismísimo Quetzalcóatl que volvía al fin junto con sus servidores. Ya saben ustedes el resto de la historia: los españoles se aprovecharon de las creencias de los indios mexicanos para conquistar su imperio. Por eso lleva su nombre esta lancha, para recordarme que tras la apariencia de las buenas intenciones a veces se esconden propósitos oscuros.

—Pues aquí tiene de nuevo a un europeo a bordo del barco de Quetzalcóatl, aunque la verdad es que esta pobre lancha no tiene ninguna apariencia divina —le cortó Dubois, visiblemente molesto por haber perdido protagonismo, y añadió maliciosamente—: Y con un mexicano a su servicio.

Los ojos de Sarabia brillaron de un modo extraño cuando le respondió:

—No desprecie esta lancha, señor. Los barcos tienen su propio carácter y hay que saber respetarlos. Se nota que no es usted hombre de mar.

Ya había empezado el francés el ofendido recuento de sus muchos cruceros, cuando decidí intentar quitar hierro a la discusión con una cita literaria.

—Es cierto que los barcos tienen carácter —tercié—, mi padre era capitán de la marina mercante y siempre hablaba de su barco como si hablara de una persona. Es más, recuerdo que leí un texto de Conrad en el que hablaba de un barco que se dedicaba a matar a pasajeros y a tripulantes en extraños accidentes, casi como si tuviera voluntad propia.

Dubois soltó una carcajada y me preguntó por qué había alquilado la *Quetzalcóatl* si pensaba que tenía espíritu de asesina. Y yo no había acabado aún de decidir cuánto había de broma y cuánto de enojo en sus palabras, cuando el capitán Sarabia le respondió por mí:

—Los barcos no son asesinos, señor. Sólo matan a quien se hace matar.

Como la conversación había tomado derroteros tan macabros, me esforcé en cambiar de tema y conseguí que el resto de la mañana transcurriera entre comentarios banales y tremebundas historias de los piratas que habían poblado antaño la isla a la que nos dirigíamos y que yo había memorizado para hacer el viaje más ameno. De ese modo, el terrible Olonés, que había llegado a obligar a sus prisioneros a comerse el corazón de una de sus víctimas, y el capitán Levasseur, que levantó la fortaleza pirata de la isla, se convirtieron por unas horas en invisibles pasajeros de la *Quetzalzóalt*.

A primera hora de la tarde, avistamos al fin la montañosa silueta de La Tortuga, verde como una esmeralda, arisca en sus costas escarpadas como un animal antiguo y desconfiado. Desde hacía rato, Dubois y su amiga programadora habían hecho conversación aparte en la popa de la lancha y la distancia que separaba sus cuerpos había ido menguando hasta desaparecer. Y así permanecieron, para incomodidad del resto del pasaje y evidente satisfacción del francés, que parecía disfrutar obligándonos a asistir al espectáculo de sus escarceos amorosos. Bordeamos la costa de la isla, por el canal que la separa del resto del territorio haitiano, hasta una ensenada a la que se asomaban, entre mangos y palmas, pequeñas playas solitarias de arenas resplandecientes. Detrás de ellas, se elevaban las faldas de la montaña y, de tanto en tanto, se divisaba entre el verdor alguna cabaña pintada de vivos colores. Tal parecía que hubiéramos arribado al Paraíso.

Cuando el capitán Sarabia anunció que aquél era un buen sitio para fondear, los amantes se desenredaron y proclamaron entre risas su deseo de darse un baño.

—¡Pare este trasto! —ordenó Dubois, despojándose de la camiseta.

—¡De acuerdo, pero que nadie salte al agua hasta

que yo lo diga! —respondió el capitán Sarabia desde la toldilla, donde había subido para realizar la maniobra.

Baloo se desplazó hasta la proa y echó el ancla al agua, mientras el piloto detenía la marcha de la embarcación. Dubois aprovechó la quietud para encaramarse a la borda de popa y nos gritó un «¡al agua, señores!», justo en el momento de saltar. Su cuerpo grande y robusto desapareció en el mar y, sobre el chapoteo del agua, se oyó el ronroneo del motor de la lancha que se aceleraba para terminar la maniobra de anclaje, dando marcha atrás. Una sacudida brutal hizo temblar todo el barco, que saltó sobre el agua como un caballo salvaje. El grito de la programadora se superpuso a la voz de Sarabia, que preguntaba desde la toldilla qué había pasado.

—Que no le ha hecho caso —respondí yo, mientras veía una mancha roja teñir el agua a popa.

Cuando rescatamos el cuerpo de Dubois nada pudimos hacer por él. La hélice le había abierto la cabeza y casi amputado un brazo.

Trasladamos el cuerpo hasta territorio dominicano y el capitán Sarabia fue a dar con sus huesos a la cárcel, en tanto se esclarecía la muerte del ilustre turista. Lo que debía haber sido una relajada convención se transformó en escenario de tensiones y desavenencias, sobre todo cuando los máximos directivos de la empresa, enterados de la solvencia económica del capitán Sarabia, decidieron presentar el accidente como un caso de imprudencia temeraria y exigieron una exorbitada indemnización que beneficiaba no sólo a la familia del fallecido sino a la empresa misma, que se consideraba dañada en su imagen e intereses. Los señores Atwood y Richardson declararon que en el momento del accidente no prestaron atención a los hechos, pues estaban enfrascados en una conversación, y nada vieron por tanto; y la rubia Silvie, todavía conmocionada por lo ocurrido, no fue capaz de dar ninguna explicación lógica. Era como si de su memoria hubieran desaparecido todos los detalles del trágico suceso. De modo que me tocó testificar a mí. Cuando expliqué al juez que monsieur Dubois había muerto de arrogancia, por ignorar las órdenes del capitán Sarabia, sabía bien que el futuro de mi carrera profesional no podía ser más negro. De modo que, en cuanto cumplí los trámites judiciales, regresé a Madrid y cambié de trabajo. No estaba dispuesto a darles el gusto de que me humillaran o despidieran. Además, aquél era realmente un oficio de mierda.

Seis meses después me llegó una carta del capitán Sarabia. En ella me agradecía mi testimonio y me comunicaba que había sido absuelto. «De todos modos —concluía—, ¿quién quiere quedarse en una tierra donde se tiene que demostrar la inocencia? Hoy he vendido la *Quetzalcóatl* y la semana que viene abandono este país. Ya le escribiré con mis nuevas señas.» Pero no lo hizo y no volví a tener noticia de él hasta este verano.

Yo estaba de vacaciones en la isla Faial, en el archipiélago de las Azores, y había entrado en el bar de Pe-
ter, que es como llaman al bar Sport todos los marineros solitarios que recorren el Atlántico y hacen allí
parada para tomar uno de sus excelentes gin-tonics.
Sarabia estaba sentado a una mesa, al fondo. Me saludó con afecto, pero sin entusiasmo. Se le veía cansado.
Me preguntó por mi vida —le conté que había abierto una librería especializada en libros de viaje y en
cartografía— y me dio cuenta de la suya. Había vivido en México durante algún tiempo, pero al final el
mar había vuelto a ganar la partida y desde hacía dos
años se dedicaba a vagabundear de puerto en puerto a
bordo de su nuevo barco. La mayor parte de las veces
navegaba solo, aunque a veces enrolaba uno o dos
marineros durante cierto tiempo, cuando simpatizaba
con alguien durante sus estancias en tierra. Vivía al
día y no tenía planes de futuro. Tampoco tomaba pasajeros.

—Pienso seguir mientras me dure el dinero. Y me
queda bastante —concluyó.

Le pregunté por su nuevo barco.

—Es un hermoso velero —respondió con el rostro repentinamente resplandeciente de orgullo, pero
de inmediato volvió a ensombrecerse, como si una
nube oscura le atravesara la mirada, y añadió—: He
hecho que le desmonten el motor que tenía instalado.
No podía soportar ese ronroneo de fiera a punto de
devorar a su víctima.

Me quedé mirándole en silencio, mientras le veía apurar su gin-tonic. Pensé en las soledades marinas y en lo que buscaba Sarabia con su errabunda navegación. El recuerdo de mi padre vino a cruzarse una vez más en mis pensamientos. Volví a verle en el puente de mando, de regreso de la triste travesía en que descubrí que el mar para mí sólo podía ser un sueño. Y también unos años más tarde, mientras agonizaba en la sala de un hospital, sin que le acompañara en su último viaje más brisa que el blanco batir de las batas de las enfermeras. Tampoco sabía qué era lo que él había buscado en el mar.

Sarabia me sacó de mis cavilaciones, al anunciarme que debía marcharse. Se estaba haciendo tarde y quería zarpar con las primeras luces. Nos despedimos con un abrazo. Yo volví a sentarme y le vi alejarse, solitario como una isla. Cuando estaba a punto de abandonar el local se me vino una pregunta a la cabeza.

—¿Qué nombre le ha puesto al barco? —le grité.

—*Olvido* —me respondió, ya desde la puerta, y con un gesto de la mano volvió a despedirse.

No dije nada, me limité a verle caminar calle abajo y a sentir cómo el viento de sus palabras de hombre bueno resonaba en mi memoria. Después apuré mi vaso de un trago, como un viejo pirata, y me levanté tosiendo, dispuesto una vez más a contemplar en el espejo del mar mis sueños.

Abril de 2001

OTRO CUENTO CON MAR

MEMPO GIARDINELLI

Para Natalia, que vino de ahí.

Me pasé toda la noche mirando por la borda, con la ansiedad esperanzada de quien no está seguro de qué es lo que espera pero sabe que será grandioso.

Me había escapado del camarote sigilosamente, abriendo apenas la puerta una vez que mis papás se durmieron. El *Hamburgo* se desplazaba río abajo, raudo y veloz, como una isla luminosa llena de rumores a la luz de la luna. El cielo, como casi todas las noches sobre el Paraná, era un manto brillante, de un azul-negro tan intenso como desparejo, con manchones blancos y millones de estrellas.

—¡Aquí sí que son millones y se ven todas! —solía exclamar mamá, que lo único que amaba del Chaco eran sus noches y sentarse a contemplarlas en el jardín.

El barco se deslizaba seguro, con absoluta confianza en la fuerza de las enormes paletas que giraban en la popa como un molino acostado y con un ritmo tan perfecto como adormecedor. Yo me había arrinconado contra los chapones de la borda, protegido por una especie de ancho ventanuco que daba a las aguas del río y que me servía a la vez de refugio y de atalaya. No sentía temor alguno, sino una excitación creciente que, sin embargo, se fue disipando a medida que me ganaba el sueño. Debo haber estado ahí como dos horas, antes de quedarme dormido y sin que el gigante apareciese.

Yo estaba por cumplir seis años y aunque no sabía lo que era un gigante, sabía que era algo muy grande y lo esperaba con ansias porque mi papá me lo había prometido:

—Vas a reconocerlo enseguida. Uno lo mira y no sabe dónde termina. Abraza al mundo entero con sus brazos de agua y no hay poder en la Tierra que tenga la fuerza que tiene este gigante. Su lomo está siempre en movimiento y cuando se enoja puede destruirlo todo. Pero si está manso y uno lo mira con la admiración que merece, es el espectáculo más hermoso del mundo.

Esa mañana, al partir de Barranqueras en el transbordador que nos cruzó hasta Corrientes, por cuyo puerto pasaba dos veces por semana el vapor que unía Buenos Aires con Asunción, yo había reconocido las aguas familiares del Paraná y había tratado de imaginar cómo sería un gigante de agua. Ese río de apariencia mansa, tan ancho que la otra orilla siempre se veía apenas como una línea verde en el horizonte, era el paisaje habitual de mi infancia. Desde que estaba en la cuna, ese río magnífico era protagonista de una reiterada escena familiar: casi todos los domingos mi papá decidía ir a pescar las corvinas que adoraba freír y mi mamá comenzaba a protestar desde la mañana. No había nada de extraordinario ni de nuevo en ese lomo líquido del color del barro y yo no alcanzaba a imaginarme cómo sería el lomo furioso del gigante prometido.

Estuve toda la mañana pensando en el mar y cuando al mediodía abordamos el coqueto paquebote —como se llamaba entonces a esa masa blanca y resplandeciente de acero flotante que era el *Hamburgo*— me mandaron a jugar en una especie de corralito con otros niños. La pasamos muy bien y a la siesta, después de que mamá me bañó en la tina enlozada del camarote, me quedé dormido.

Aquel año íbamos a ir a Mar del Plata y yo estaba loco de ansiedad. Me habían prometido ver el mar por primera vez. Conocer al gigante.

Mi papá era miembro de la flota fluvial y por eso la familia tenía pase libre en los vapores de la carrera, como se les llamaba. Por lo menos una vez al año bajábamos a Buenos Aires. Así se decía: «bajábamos», porque los buques se desplazaban río abajo, a favor de la corriente y a veces a velocidades que parecían vertiginosas. En cambio el regreso siempre era más lento. De Buenos Aires a Asunción, río arriba, el viaje demoraba casi cinco días, pero río abajo se hacía en sólo tres. Para mis padres ese viaje anual era una fiesta porque siempre se encontraban con amigos, mi mamá podía ir a la cubierta de primera clase a tomar el té y mi viejo, que no podía con su talante, aun en vacaciones se iba a la cabina de mando a charlar con sus colegas. A mí ese mundo me fascinaba pero al poco rato me hartaban tantas recomendaciones del cuidado que debía tener y de lo que no podía tocar, que de hecho era casi todo. Me condenaban a estar con las manos en los bolsillos y a sonreír cuando el capitán o los comisarios de a bordo me tocaban los cachetes y subrayaban, inexorablemente, lo parecido que era a papá.

Mi mamá esperaba este viaje como se espera un milagro anual, porque toda su vida odió vivir en el Chaco y sólo aceptó radicarse en esa tierra feroz por el loco amor que sentía por papá. Así lo declaraba, furiosa, cada vez que pensaba en huir del calor, los mosquitos, el polvo que traía el viento Norte o el lodo que dejaban las lluvias interminables.

Aquella primera tarde a bordo, mis padres se vistieron con una elegancia inhabitual. Mamá se puso un magnífico vestido blanco de escote recatado y con una delicada hilera de rosas de color turquesa bordadas en el entredós. Papá se calzó el traje de lino crudo que mi vieja decía que era lo único que le quedaba realmente bien porque le disimulaba la barriga, y los zapatos bicolores de Grimoldi que usaba para las grandes ocasiones. Lo que arruinó al conjunto familiar aquella tarde fue que, tras una breve discusión en la que fui derrotado, a mí me pusieron nomás el odiado traje de marinerito blanco y azul.

En el comedor de la primera clase hubo un montón de presentaciones muy formales, que sin embargo parecían encantar a mis padres, y, después de una cena mortalmente aburrida, nos regresamos al camarote. Allí íbamos a dormir como angelitos —declaró papá con orgullo— acunados por el silencioso vibrar que venía de la sala de máquinas. Y en efecto el chaschás, chas-chás, monótono y perfecto de la paleta de popa, anestesió a mamá en pocos minutos. Papá me estuvo contando una historia del mar y me acunó hasta que le dio sueño. Me dio un beso largo, muy largo, y se fue a su litera. Siempre me gustaron mucho los besos de mi papá, quizá porque fueron muy pocos. Y después me hice el dormido cuando me preguntó si dormía y me quedé escuchando el murmullo alegre de los chamamés y las polkas que se oían en la tercera clase, donde la gente parecía divertirse como en otro mundo, uno que estaba en el lecho mismo del río.

Entonces salí a la cubierta y me refugié contra los chapones de la borda, junto al ventanuco ovalado y en medio de dos enormes toletes en los que los marineros habían enredado unas sogas gruesas como sus brazos. Yo quería ver el mar, saber cómo era ese gigante. Una vez me habían mostrado fotos y además hacía poco habíamos ido al cine Marconi a ver una de piratas, con Errol Flynn, y papá, en voz muy baja, me había explicado que eso que había detrás, toda esa agua interminable que se perdía en el horizonte, eso era el mar. Yo le pregunté qué era el horizonte y no recuerdo qué me explicó pero volvió a contarme que con sus amigos, cuando empezó como marinero en el puerto de Buenos Aires, al mar lo llamaban gigante porque era fantástico darse cuenta de que el río, de pronto, se convertía en mar y todo cambiaba y era enorme, interminable. Yo no lo entendía pero igual me fascinaba ese relato.

Cuando mi viejo se dio cuenta de que yo no estaba en el camarote y salió a buscarme y me encontró dormido contra la borda, con una mezcla de pánico y alivio me llevó de regreso y me depositó en mi litera. Yo le dije que había salido para ver si aparecía el Gigante y él me dijo que no lo iba a ver, que todavía faltaba mucho, como tres o cuatro días. Yo no sabía cuánto eran esos días, que era lo que me sucedía siempre, como en las vísperas de mis cumpleaños o de Navidad. Me decían «faltan tres días», o «dentro de cuatro días» y con eso lo único que conseguían era llenarme de ansiedad porque esos malditos días no pasaban jamás.

Lo que duró tres días fue el viaje hasta Buenos Aires. Allá nos esperaba un montón de tías y tíos bullangueros y exagerados, que nos acompañaron al hotel España, en la avenida de Mayo, donde siempre se alojaban mis padres. A mí me daba mucha vergüenza porque parecía que llegaba un circo, una multitud ruidosa y fiestera. Y encima mis cachetes quedaban a la miseria de tantos toqueteos. Toda mi vida odié ser cachetón y nunca entendí por qué a la gente grande, y sobre todo a las tías, le gusta tanto pellizcar los cachetes de los niños. Yo los detestaba apenas veía venir sus manos horribles, que parecían pezuñas anilladas, garfios con pulseras de oro y plata y metales pesadísimos.

Todo lo que yo quería era ver el mar; era lo único que me importaba en el mundo. No veía la hora de que saliésemos de una vez hacia Constitución, la enorme y maciza central ferroviaria que mi papá había señalado desde el tranvía. Ahí tomaríamos el tren a Mar del Plata, que nos llevaría directo a conocer al gigante. Así que decidí portarme bien y aguantar los toqueteos de mis tíos. Me sentaba a jugar con algún cochecito, o con unas maderitas que ya no me divertían, y procuraba pasar lo más desapercibido posible con tal de que los malditos «dos o tres días» pasaran de una vez y nada modificara lo planeado. Sentía pánico de que todo se arruinara.

Y fue Tío Justino el que me arruinó la fiesta. Con los años yo odiaría el nombre rulfiano de ese primo de mamá que, justo la noche antes de nuestro viaje a Mar del Plata, llamó al hotel avisando que Tía Dominga estaba muy mal, que tenía no sé qué y que fuéramos al Sanatorio.

Ya se imaginarán el resto: Tía Dominga era la hermana mayor de papá y había sido, aseguraban a coro, una verdadera madre para todos. Yo supe de inmediato que la tragedia se avecinaba cuando vi la mirada de papá posada sobre mí, con el dolor que sentía por la segura muerte de su hermana pero también porque debía enfrentarse a la muerte de mi ilusión.

—No vamos a ir a Mar del Plata —me dijo con la voz grave, como si cada palabra le pesase una tonelada—. No vas a conocer al gigante todavía. No esta vez. Perdóname...

Yo vi lágrimas en sus ojos y todo lo que hice fue abrazarlo porque sabía cuánto amaba a Tía Dominga, y yo también la quería, y no había más culpables que los jodidos «tres o cuatro días» de siempre, que al fin habían pasado pero llevándose con ellos mi primer viaje al mar.

Lo demás no sé si interesa. Tía Dominga falleció dos semanas después y enseguida nos volvimos al Chaco. Los que han nacido o viven a la orilla del mar ignoran por completo la ansiedad que produce, lo que es imaginarlo y no verlo. Yo, que nací a bastante más de mil kilómetros del mar y pasé toda mi niñez anhelando ese encuentro, lo conocí a los veinte años. Pero ésa es otra historia.

Paso de la Patria, abril de 2001

PARECÍA EL INFIERNO

Rosa Montero

Tumbada boca abajo sobre la toalla, Violeta veía el mar como una pared vertical, un muro violento y espumoso que amenazaba con desplomarse sobre la playa. La caleta era pequeña y angosta, una herradura de arena entre las rocas. El mundo real quedaba muy arriba, por encima de los flancos negros del acantilado. La playa era un pozo, un agujero cercado por piedras filosas y olas tumultuosas. El sol caía sobre la nuca de Violeta como la cuchilla de una guillotina.

—No entiendo cómo le puede gustar esto a alguien... —gruñó en voz alta, y el bramido del mar devoró sus palabras.

Violeta venía de tierra adentro, del páramo de Vélez, un grandioso mundo horizontal rematado a lo lejos, muy a lo lejos, por las brumosas e imponentes montañas de la Cordillera Blanca. Era la primera vez en su vida que visitaba la costa y le parecía un lugar abominable. Llevaba tres semanas en casa de sus tíos.

Es decir, en casa de su prima Carolina. Tenían las dos la misma edad, quince años; pero Carolina parecía mucho mayor. A Carolina le encantaba la playa porque nadaba muy bien y porque se ponía unos bikinis diminutos de colores eléctricos. Dos cachitos de tela fosforescente enmarcando un cuerpo de revista, una carne atlética y tostada, unos vellos tan leves y dorados como un polvo de estrellas. Los pelos de las piernas de Violeta, en cambio, eran pelos auténticos, negros y ásperos vellos de mujer que ella había empezado a afeitarse con una cuchilla. Y cómo escocía la piel al rasurarse. Nada más llegar a la costa, Violeta se abrasó esas piernas en carne viva y el resto de su anatomía con el sol implacable de la caleta. Luego las quemaduras se curaron y se despellejaron, y ahora la piel de la muchacha era un estropicio de peladuras rosadas y manchones.

—¿No te vas a bañar? —dijo Carolina, a su lado, levantándose con un gracioso brinco de la toalla.

Lo debe de ensayar por las noches, pensó Violeta. No es posible que todos los movimientos le salgan tan bien, no es posible que siempre parezca una gimnasta olímpica.

—No tengo ganas —contestó en voz alta; y le asqueó advertir que se le habían metido unos cuantos granos de arena dentro de la boca. Chirriaban entre las muelas, diminutos pero desagradables.

—No sé cómo no te aburres de estar todo el día ahí leyendo esas revistas... Además, deberías nadar más. Hacer ejercicio adelgaza mucho —dijo Carolina.

Y corrió hacia el agua, ligera y animosa. El mar era una pared de vidrio, un turbio cristal roto por la espuma. La caleta se encontraba en el morro del acantilado y las olas siempre batían con fuerza contra las rocas; pero hoy el mar estaba especialmente bronco, con el lomo hinchado y amenazante. Subían y bajaban las olas por la pared de vidrio, provocando un estruendo ensordecedor. Carolina entró en el agua, se volvió hacia Violeta y saludó triunfante. Nadaba muy bien y le encantaba que los demás advirtieran su pericia; por eso se empeñaba en venir a esta caleta, tan lejana, peligrosa e inaccesible, y había convencido a toda la pandilla para que la siguiera. Carolina era la reina de su grupo: no sólo la más guapa, sino también la mejor estudiante, la mejor deportista. Violeta resopló con fastidio, sintiendo que el sol aplastaba su espalda contra el suelo como el pie de un gigante. Aún era temprano, pero el calor resultaba ya abrumador. Iba a ser un día insoportable. Carolina volvió a agitar la mano entre la espuma: como la playa estaba todavía vacía, no tenía más remedio que utilizar a Violeta como público.

De la arena subía un leve olor a podrido, un tufillo dulzón y descompuesto que se hincaba desagradablemente en el cerebro.

—No entiendo cómo le puede gustar esto a alguien —volvió a mascullar Violeta.

En ese justo instante un recuerdo se apoderó de su memoria, tan punzante como la quemadura de una brasa. Era un recuerdo que Violeta llevaba días intentando reprimir, pero que de cuando en cuando se escapaba de su exilio amnésico para irrumpir como un devastador meteorito en su conciencia.

—Nicolás... —murmuró, acongojada.

Y volvió a experimentar la misma sensación de ridículo de aquel día horrible, la misma inadecuación, la espantosa vergüenza, el furioso deseo de enterrarse en la arena. O de morirse.

El desasosiego fue tan fuerte que sintió una súbita necesidad de moverse; de modo que cambió de manera brusca de postura y se sentó de cara a la orilla. Inmediatamente el sol empezó a pesar sobre su cabeza; el recuerdo latía dentro de su cráneo como si fuera el inicio de una jaqueca. La playa era un pozo, una jaula, un encierro. No se podía marchar de casa de sus tíos hasta que su padre no la llamara. Cogió un puñado de arena y lo dejó escurrir entre los dedos: ínfimos pedruscos de cuarzo, pero también conchitas diminutas vacías de sus bichos. Y fragmentos de carcasas de crustáceos. La playa era un cementerio de animales menudos. Un moridero calcinado por el sol y la sal.

Sin embargo, su madre le había dicho:

—El mar es el origen de la vida. De ahí venimos todos. Hemos salido del mar.

La madre había nacido en la costa; el padre, en el interior. En la ciudad del páramo en la que vivían, la madre siempre habló a Violeta del mar. Ella creció creyendo que era como un caldo mágico de druidas, una poción maravillosa llena de milagros y misterios. Pero ahora que por fin lo había conocido de verdad, resultaba que el mar le daba asco y miedo. En primer lugar, no era transparente. Era turbio y sucio, vociferante y violento. Puede que fuera el origen de la vida, pero se parecía a ese líquido amniótico que estudió en las clases de Naturales: un fluido sanguinolento y pegajoso, un elemento viscoso y genital.

Violeta se estremeció. Estaba sudando, pero un pequeño escalofrío recorrió su cuello y se le perdió espalda abajo. Las olas se estrellaban contra las rocas sañudamente, como si quisieran triturarlas. Se tapó los ojos con las manos y en la oscuridad el ruido pareció incrementarse: sonoros estampidos, furiosos silbidos, un ronco hervor de agua. El sonido del mar deshaciendo la Tierra. Un poco asustada, Violeta volvió a mirar la playa barrida por el sol.

—¡Silencio! —gritó, intentando distraerse del agobiante fragor del mar con su propia voz.

Pero el estruendo de las olas se tragó la palabra.

—¡Violeta! —gritó de nuevo.

Se escuchó por dentro, en el rodar de las sílabas dentro de la boca; pero cuando los fonemas salían de sus labios el mar los aplastaba. La bronca respiración del agua dominaba sobre todo lo demás. Apagaba cualquier ruido a pocos metros. Aquí, en la caleta, ni siquiera se hubieran podido oír los gritos de su madre. Sus gemidos afilados por el dolor. Esos insoportables lamentos que parecían salir de la garganta de un animal y que se colaban por todos los rincones. Su padre agarraba al médico del brazo y preguntaba:

—¿No le pueden dar algo más fuerte? Sufre mucho.

Pero la madre no dejaba de aullar. Seguía bramando cuando se la llevaron al hospital y cuando Violeta se marchó, enviada de urgencia a casa de sus tíos, como una refugiada en tiempos de guerra.

—¡Nicolás! —lanzó ahora la chica contra el rugido de la rompiente.

E inmediatamente se arrepintió de su grito: y si Nicolás estuviera bajando por el acantilado, y si la hubiera escuchado... Pero no, imposible, el ruido del agua lo emborronaba todo, había que estar muy cerca para poder oírse. A lo lejos, muy lejos, muy dentro de la pared marina y vertical, un puntito negro levantaba la mano y saludaba. Era Carolina la sirena, Carolina anfibia, alardeando. Violeta sintió que sus mejillas se encendían de rubor y que el estómago se le retorcía en una náusea. Nicolás le había gustado desde el mismo momento en que le vio. Era un chico alto y ancho de hombros, mucho mayor que ellas: por lo menos tenía dieciocho años. Al mirar achinaba los ojos, negros y brillantes, con unas pestañas tan espesas que parecían pintadas; y tenía los labios gordezuelos y una pequeña sonrisa de medio lado, como de actor de cine. Nicolás era el de más edad de la pandilla y Carolina se burlaba de él, le llamaba viejo, le arrojaba arena contra la cara. Violeta no acababa de entender por qué Nicolás seguía viniendo: Carolina y él se caían mal, eso era evidente. Tal vez fuera por eso por lo que a Violeta le pareció un chico distinto a los demás. Un día, uno de los primeros días de su estancia en la costa, Nicolás contó una historia extraña:

—No sé por qué estamos siempre en esta playa. No me gusta. El año pasado vine mucho. Venía con Beba, la chica con la que salía, y con su hermano y dos o tres amigos. Siempre estábamos solos, aquí nunca hay nadie. Una tarde estábamos tomando el sol y por las rocas llegó una mujer como de treinta años. La marea estaba muy baja y llegó andando, dando la vuelta por la costa, con el agua a medio muslo. No sé de dónde saldría. De la cala de al lado, o de la playa grande que hay más allá. Vestía un traje de baño de una pieza y estaba llorando. Se acercó a nosotros, muy nerviosa, y nos gritó: «¡Ayudadme, ayudadme, por favor, por favor, se están matando!» «¿Quiénes?», preguntamos. Ella estaba como loca, casi no podíamos entender lo que decía. «¡Mi marido y Juan, se están matando!», decía; o a lo mejor Juan era su marido y se mataba con alguien; o a lo mejor su marido y un tal Juan se estaban matando con otra gente, todo era muy raro, no había quién comprendiera nada. Ella corría de uno a otro, se venía hacia mí, y luego hacia Beba, y luego hacia los demás, como si estuviera jugando a las cuatro esquinas, y decía no sé qué de navajas y sangre, como una loca. Y luego se dio media vuelta y volvió a marcharse por donde había venido, igual de agitada, con el mar a media pierna.

—¿Y vosotros qué hicisteis? —preguntó Violeta.

—Nada. Estábamos alucinados, paralizados. Imaginaos la escena, hablaba de navajas y sangre, y nosotros estábamos en traje de baño, tan... tan indefensos, ¿sabéis cómo os digo? No sé, era una sensación muy rara, como de pesadilla... Luego, en cuanto que se marchó, fue como si no hubiera venido nunca. Pero por eso no me gusta esta playa.

Eso dijo Nicolás, y Violeta, que también detestaba la pequeña cala, se sintió muy compenetrada con él. Empezó a esperarle con ansiedad por las mañanas (siempre llegaba de los últimos) y absorbía con avaricia cada una de sus palabras, intentando encontrar algún signo de complicidad. Conversaban poco, pero Violeta estaba convencida de que, por debajo de su parquedad expresiva, Nicolás sentía por ella una afinidad especial.

Hasta que un día, al atardecer, Violeta vio dos cabezas juntas allá dentro, muy dentro, en la vidriosa panza de las aguas. Subían y bajaban las cabezas, muy pegadas, al compás de la ondulación de la superficie; y se agitaban los cuerpos con raros movimientos, manos que chapotean, espaldas que emergen y se hunden, agitados espasmos entre la espuma. Violeta les contempló durante un buen rato, cada vez más inquieta.

—¿Qué les pasa a Carolina y a Nicolás? Parece que tienen problemas, tengo miedo de que se estén ahogando... —le dijo al fin a Tono, otro de los chicos de la pandilla, el que estaba sentado más cerca de ella.

Tono la miró enarcando las cejas e hinchó las mejillas de aire, en un gesto bufo de payaso. Luego soltó el aliento de repente con un ruido de globo al estallar y empezó a carcajearse:

—¿Que qué les pasa? ¿Que si se están ahogando? —farfulló, medio asfixiado por sus propias risas.

Y se levantó y fue a contarles el chisme a los demás, mientras el entendimiento de lo que sucedía caía sobre Violeta como un rayo, partiéndole el cerebro y el corazón. Ahí estaban Carolina y Nicolás, unidos en el magma marino de la vida. Frotándose el uno al otro como resbaladizos peces dentro del agua. Y ahí estaban los demás chicos y chicas de la pandilla, pataleando boca arriba en la arena muertos de risa, demostrando su diversión con ostentoso énfasis, con la exageración abracadabrante de los adolescentes. Siempre que recordaba ese momento, Violeta se sentía morir. Se sentía muerta. El amor naciente es como una luz, y cuando se apaga de manera abrupta el mundo se convierte en sombra y polvo.

Habían pasado varios días desde entonces, unos días tan lentos y penosos como una condena carcelaria. Tras el incidente de la playa, Violeta hubiera deseado meterse en la cama y no volver a levantarse nunca jamás; pero un último resto de orgullo la obligó a seguir viniendo cada día a la caleta, arrastrándose penosamente detrás de su prima hasta este tórrido caldero de arena y mar silbante, y a aguantar con fingida impavidez las bromas del grupo, la percepción de extrañamiento. Cada día se sentía más fuera. Cada día la marginaban más.

Frente a ella, en la panza del mar tumultuoso, Carolina la saludaba con la mano. Subía y bajaba la cabecita de Carolina, como un corcho sometido al furor de las olas, mientras la muchacha seguía saludando de manera absurda. Ya te he visto, pensó Violeta con rabia, sin responder a su gesto. Ya te he visto.

—¡Hola! —aulló alguien de repente junto a su oreja.

Violeta dio un respingo y volvió el rostro; junto a ella, inclinado para hablarle al oído en medio de creciente fragor, estaba Nicolás. Unos metros más allá, otros dos amigos de la pandilla extendían sus toallas. Embebida en sus pensamientos, la chica no había advertido su llegada.

—¿Dónde está Carolina? —gritó Nicolás contra el estruendo.

Violeta miró hacia el agua con disimulo; la marejada empeoraba por momentos y la cabeza de su prima resultaba escasamente visible entre las rizadas jorobas de las olas. De cuando en cuando incluso desaparecía durante un par de segundos.

—¿Cómo dices? —le preguntó a Nicolás, como si no le hubiera entendido, para ganar tiempo.

—¡Que dónde está Carolina!

Quizá se estuviera ahogando. Esta vez sí, esta vez era posible que su prima se estuviera tragando, ella solita, ese mar seminal y violento. Ese mar tenebroso del que surgían mujeres desesperadas hablando de navajas y de sangre. Si Carolina estaba de verdad en peligro, habría que hacer algo. Habría que dar la alarma y rescatarla. Violeta se encogió de hombros con gesto inocente:

—¡No sé! —respondió—: ¡Hace un rato que no la veo!

Nicolás se irguió y miró alrededor, abarcando de una sola ojeada la pequeña cala y el mar vertical que la cerraba. Su retina no estaba acostumbrada a ver la cabecita flotante y por consiguiente no la vio. Torció el gesto, fastidiado por la ausencia de la chica.

—Seguramente se ha ido a dar un paseo por el acantilado —dijo Violeta.

Nicolás sacudió la cabeza con cierto mal humor y dio media vuelta, dispuesto a alejarse.

—¡Espera! —le detuvo Violeta.

El muchacho la miró. Al fondo, en el regazo de las olas, Carolina parecía decir algo. Sí, tenía la boca abierta, debía de estar gritando. Pero su voz no llegaba hasta la costa. Nicolás seguía quieto, esperando las palabras de Violeta; pero la miraba de refilón, por encima del hombro, sin siquiera haberse girado de nuevo hacia ella. Era evidente que quería irse.

—Mi madre se está muriendo —dijo Violeta.

Y, mientras lo decía, sintió que una rabia venenosa la inundaba. Que por lo menos me sirva de algo esta maldita madre que se está muriendo y me abandona, pensó. Las huérfanas resultaban atractivas. La pena era un buen pretexto para ligar.

Nicolás sacudió la cabeza.

—Ya lo sabía. Carolina me lo contó. Lo siento.

Y se apresuró a seguir su camino, cruzando en dos zancadas la pequeña playa y uniéndose a los otros amigos de la pandilla, unos cuantos metros más allá.

Violeta tragó saliva. Una gota de sudor descendió por debajo de su flequillo y se columpió en la punta de su nariz. Las estrechas paredes de roca impedían el paso del viento y el calor era inhumano. A lo lejos, colgada en mitad del vidrioso mar vertical, como una mariposa atrapada entre los cristales de un cuadro de insectos, Carolina agitaba de cuando en cuando la mano. Cada vez más de tarde en tarde. Más desmayadamente. Violeta se volvió de espaldas al agua y se tumbó de nuevo boca abajo sobre la toalla, respirando el vago tufo a podredumbre de la arena. La caleta era un pozo, un agujero, un hoyo claustrofóbico que el sol calcinaba. Parecía el infierno, pero no era más que una aburrida mañana de verano.

Abril de 2001

NEBLINA MUNDO

Alfredo Pita

Para JMA, por el título.
Para JRR, por el juego.

Visto desde donde estás, desde donde me miras aterido, en perspectiva, debo verme igualmente aterido, envuelto en mi manta gris, circunspecto y ridículo, manteniendo por encima de todo la compostura. Qué perfil de viejo jefe indio, debes decirte, de indio que otea en medio de la noche una luz improbable, por no decir imposible, en el horizonte. Una barrera de gas, de levísimo algodón, húmedo y salado, ha surgido de la nada, hace un buen rato ya, y nos ha rodeado con su aliento frío como para contribuir a nuestra inmovilidad. Estamos quietos, o casi, mecidos por una onda que se activa en forma casi imperceptible a nuestro alrededor, que golpea apenas, como sin quererlo, y lame con lengua helada nuestros flancos, los flancos de esta navecilla que quién sabe adónde nos ha traído o adónde nos lleva. La gran soledad del mar, que nos convoca y aplasta.

¿Quién nos mandó meternos en esto, embarcarnos, en todos los sentidos del término, en esta aventura? Es lo que me pregunto y lo que te preguntas tú también, seguramente. El silencio es implacable y todos hemos sido contaminados por él, incluso tus dos compadres, que ahora están callados, sentados de cualquier manera hacia popa, intentando beber un trago, supongo, si les quedan aún arrestos, y que ya no se burlan más de ti, que te has pasado el día mareado y con náuseas, como un novato. Ahora todos no hacemos sino escuchar el tenue chapoteo del agua contra la madera de la nave, los crujidos de ésta. No volteo porque no tengo ganas de moverme. Nada me ha preparado en la vida para un momento así y, en el fondo, prefiero saborearlo. Faltaba más. Todo esto es irreal y me cuesta aceptar que estoy aquí, rodeado por la nada y la neblina, y que el yate este, el *Tritón*, la gran novelería, quién sabe si me va a llevar, nos va a llevar, a la Polinesia o tal vez al mismo infierno. Me dan ganas de pellizcarme, pero, a qué ya, si estoy tiritando. Tiritando mar afuera, frente a la costa del Perú, entre Ica y Lima, sobre el terso lomo de la corriente Peruana, con los pies bien metidos en la peor mierda con la que nunca hubiera debido tropezar. ¡Vaya con la vida, carajo!

Dejas de mirarme, algo te distrae, atrás. Alfonso, Alfonso, te llama Armando, que necesita ayuda porque Juan Manuel se ha puesto a vomitar por la borda, o quiere hacerlo. No necesito ver la escena para saber lo que está ocurriendo. Supongo que Armando teme que el Loco se tire al agua en un rapto desesperado, o con la esperanza de nadar hasta la costa. Pero tirarse al agua ahora supondría la lucidez y la determinación del suicida. O la lucidez y el coraje del que sabe que puede nadar durante días enteros. Una amiga francesa me contó una vez que su padre, un diplomático con puesto en Indochina, en los años cincuenta, un día se encontró en medio del mar, tras la caída de su avión, y que nadó sin parar durante veinticuatro horas, orientándose por el sol y luego por las estrellas, y que llegó a la costa. Yo no se lo creí, pero luego conocí al señor, ya muy mayor, que me corroboró la historia. Por entonces sabía nadar un poco, me dijo, modesto. No creo que sea el caso de Juan Manuel. Anda, muchacho, ayúdalo. Anda y déjame un poco en paz, en lugar de estar mirando mi perfil con la esperanza bobalicona de que te tranquilice. Un poco de elegancia, por favor.

Finalmente no te mueves. Juan Manuel se está quieto al parecer. No por mucho rato, esto lo puedo garantizar y hasta firmar. La calma chicha universal. Espero, por supuesto, que esta inmovilidad sea sólo momentánea y no un prólogo a la quietud definitiva. Y yo aquí, sin mortaja. Sin la adecuada, digo. Porque vestidos vamos, y yo, además, tengo esta frazada, que bien haría las veces de sudario, aunque no sería lo mismo, claro está. ¡Pero qué sandeces estoy diciendo...! ¡Me avergüenzo a mí mismo! ¡Qué les importará a ciertos peces que el alimento les baje con chaleco o no! ¡Tonterías, y de qué calibre! Será que a estas alturas del partido ya no tomo nada en serio. ¿Un cómico de la lengua, un cómico cósmico y, además, filósofo? ¿O al revés? Me ves sonreír y el susto te crece a ojos vistas en la mirada. Calma. Felizmente no pienso en voz alta, porque, con la cara que pones, la cosa podría ser peor y hasta podría traer cola, una cola de pez, o algo así. Nunca te he visto perder los papeles, sin embargo, y tampoco a los badulaques de atrás, pero ya ves cómo se han puesto. Así que no tentemos al pánico, que con toda naturalidad se ha invitado al paseo y que ahora nos habita. Pero ¿dónde se ha metido el capitán?

La noche ha caído lenta y segura, y el único tripulante, o piloto, o lo que sea, el hombre de mano del capitán, ha encendido el fanal que cuelga del mástil y ahora, en medio de la nube oscura que nos rodea, estamos iluminados por este cono de luz amarilla que corta la neblina como un queso. Y yo estoy en la base, en el centro mismo de la tajada, bañado por la luz que cae directamente sobre mi cabeza porque estoy cerca de la espiga, con mi manta sobre los hombros y con mi perfil afilado, como esperando el momento conveniente para representar mi parte en una tragedia que no podía haber escogido un escenario más conveniente, joder. Todo el océano Pacífico nos contempla, y se prepara, no para aplaudirnos sino para engullirnos. Es curioso cómo un día placentero de verano puede transformarse y volverse... esto, una pesadilla en ciernes, una promesa tranquila del horror. Una broma del dios ese que gusta disfrazarse con los trapos del destino. Los de atrás se han puesto a cuchichear, supongo que para darse ánimos. Desde el fondo del camarote llegan voces. El capitán Trouchez (qué nombrecito, el señor debe saber navegar más en río que en la Mar Océana) habla a gritos con alguien, al parecer utilizando la radio. Ojalá sea así y no sólo una suposición mía. Eso de que también la radio se había malogrado ya me parecía como una maldición.

Sí, el hombre habla por radio. Aquí *Tritón*, llamando a Alfa, cambio. Es lo que debía haber hecho hace ya un buen rato. Ahora debe estar pidiéndole a la marina, a la aviación, que vengan a rescatarnos. Supongo que les está dando nuestra posición. A tantos grados de latitud sur, y a tantos de longitud oeste, bajo las estrellas de la Cruz del Sur. Aquí *Tritón*, llamando a Alfa, cambio. Aunque me temo que cuando la ayuda llegue aquí nosotros ya estemos cerca de la isla de Pascua. Atrás alguien gimotea. Llanto de borracho. Es Juan Manuel otra vez, que dice que ya todo se fue a la mierda, que nos lleva la parca. Armando intenta calmarlo, reírse, pero lo hace sin convicción. ¿Qué hacer en un caso así...? Qué hacer sino lo que hago yo, mejor dicho quedarse mudo, e inmóvil. Asumir.

¿Qué otra cosa puede hacer un viejo escritor peruano, acompañado de tres escribas neófitos, en estas circunstancias? ¿Qué otra cosa puedo hacer sino sujetar la manta que me envuelve y poner mi mano sobre mis ojos para proteger mi mirada del resplandor que baja del mástil, para intentar ver más allá de mis narices, para intentar percibir alguna luz de puerto o de una embarcación que pudiera socorrernos? Tú me miras y no se te ocurre otra cosa que imitarme, y miras también hacia todos los lados, esperando hallar algo, ver a través de esta neblina que más parece una sopa de espárragos. Éste es un guiño literario, soy consciente de ello, pero no lo digo en voz alta. Nadie está para bromas por aquí ahora.

Pese a todo, no puedo dejar de sonreír pensando en la alegría y el divertido desparpajo con que llegamos esta mañana, temprano, al muelle de Santa María, donde debíamos abordar. El capitán Trouchez, un hombre de negocios que los domingos se pone el disfraz de lobo de mar y sube a su yate, le había comunicado a Armando, a través de un amigo común, que le gustaría invitarme, ahora que yo había vuelto a la patria (definitivamente, según decía la prensa), a dar una vuelta por unas islas del sudoeste de Lima. Que fuera con los amigos que quisiese, era el cierre generoso del mensaje. Y ésta era la valiente tropa que yo había escogido: tres escritores que empezaban su camino, dos capitalinos y uno de provincias, de Cajamarca para ser más preciso, aunque vive en el extranjero. Y ésta, la razón por la que estábamos aquí, por la que nos encontrábamos tal vez ya en trance de caer bajo el poderoso arrastre de la corriente de Humboldt (que los peruanos llamamos Peruana, ¿por qué no?), que quién sabe no pare sino hasta dejarnos en los mares del Sur. A dónde no sé cuándo llegaremos y menos en qué estado, me atreví a bromear. En estado de sardinas en conserva, respondiste, sin sonreír. Nadie celebró tu, nuestra, chanza. Nadie, y menos al capitán Trouchez, que en ese momento subía de la sentina y no precisamente con buenas noticias.

Su ayudante estaba revisando una pieza del motor que podía ser la causante de la avería, pero la cosa no parecía clara. En todo caso no debíamos preocuparnos, puesto que una vez definido el problema, si era grave, llamaría por radio a la marina del Perú para dar nuestra situación y pedir que nos vengan a buscar. No había por qué alarmarse, realmente. ¿Buscarnos con esta niebla?, había preguntado, escéptico, Juan Manuel, quien a ojos vistas comenzaba a darse cuenta de que la situación no sólo era seria, algo que los otros ya intuíamos desde hacía un rato, sino que podía empeorar, y hasta agravarse con imprevisibles consecuencias. A lo sumo vamos a salir en los periódicos, dijo el capitán, intentando distender, él también, el clima negro que se instalaba en nuestras conciencias. ¿En qué página?, preguntó Juan Manuel, intentando sonreír para darse ánimo. Yo apenas sonreí y te miré, y vi que escudriñabas desesperadamente a los costados, en busca de algún visitante prodigioso. Lo único que me consolaba era que, así, detenidos, gracias a la potente luz que colgaba de nuestro mástil, ningún mercante o petrolero gigante nos iba a arrollar, ya que debían vernos en la noche a varios kilómetros a la redonda. Como si hubieras leído mi pensamiento, en ese momento me miraste y dijiste que con esa niebla no nos veía nadie ni a diez metros. Tú tan optimista como siempre, te amonesté, casi con rencor. Dirás a diez palmos, cómo se ve que eres un neófito completo, se ufanó, una vez más, Juan Manuel.

Ahora pareces estar mejor, en todo caso luces más sereno. Será el peligro. Es una maravilla el ser humano. Todo este drama había empezado en realidad en medio de bromas. Y hasta me pregunto si las bromas no habían precipitado todo esto, como una especie de imán de la mala suerte, de la infelicidad. Un serrano no puede ser nunca un buen marinero, te había dicho Juan Manuel riéndose, por la mañana, viéndote enfermo, olvidándose que él mismo era ayacuchano de nacimiento, por más que su padre, un hacendado, lo hubiera llevado a Lima con pocos años, por lo de la educación. El capitán Trouchez le pidió abstenerse de esas bromas, que podían malograr el buen tiempo que teníamos, pero el gracioso no comprendió. A modo de disculpa dijo que, en realidad, tu caso no era el único, que teniendo en cuenta que, de los siete tripulantes del yate, cuatro estábamos absolutamente verdes en el arte de marear, lo mejor sería que no tuviéramos ningún temporal, naufragio, o algo por el estilo. Que el whisky por la mañana hace estragos es una verdad de a mil. Por si acaso, agregó Armando, soltando una de sus rijosas risotadas, nosotros sabemos marear, y marearnos, pero sólo en tierra. Trouchez, que es su amigo, optó por desentenderse de ambos, por ocuparse de sus cosas. Nada hacía sospechar entonces la situación actual y Armando podía jugar aún con el lenguaje marinero de otros tiempos. Y allí los tienes ahora a los dos, atrás, sentados y por fin silenciosos. Me parece que están preocupados.

Soy un fantasma y estoy rodeado de fantasmas. Y creo que nada en mi vida me predestinaba para un final así. Yo soy hombre de tierra firme, de oficina, de gabinete, de parquet y de alfombra, a lo sumo de hospital y clínica, y aquí me tienen temblando sobre la cubierta húmeda de una embarcación cuya existencia ni siquiera sospechaba hace una semana. Menudo homenaje es el que me ha hecho este señor, el capitán Trouchez, este empresario a quien no conozco tampoco pero que dice que ha leído todos mis libros, uno por uno (no veo cómo hubiera podido ser de otro modo, aunque nunca se sabe). Por ese gusto supongo que me ha traído aquí, que ha traído al viejo escritor, a la gloria nacional, para protagonizar un posible desastre. ¡Qué honor..., por la grandísima! La culpa la tiene Armando, que lo conoce no sé de dónde, y que me entusiasmó con la idea de un paseo hasta la isla de Lobos de Afuera, o algo por el estilo, que nos entusiasmó a todos con la perspectiva de una aventura marina bien comida y regada. De lo que se trataba era de llegar a la isla al comenzar la tarde, de almorzar, de acampar, de cenar, de pasar la noche allí, y de retornar al día siguiente. Qué mejor plan podía desear la más entrañable pluma de las letras peruanas. Yo, sinceramente, preferiría estar ahora en mi casa, calentito, con un libro o una buena copa de vino en la mano.

Es curioso. Anoche, ante la perspectiva del paseo, pensando en mis lecturas marineras, llegué a la conclusión de que me gustaban más el Poe de Arthur Gordom Pym y el Melville trascendente y cazador de ballenas blancas que las aventuras de piratas o las historias épico-morales de Conrad. Nunca me hubiera imaginado que menos de veinticuatro horas después iba a estar en medio de esta alucinación, de esta embarcación cargada de siete hombres pero sobre todo de su miedo. Porque supongo que el capitán y el piloto, así como su otro invitado, el conocido gastrónomo, que va como cocinero de lujo, también deben estar orinándose de terror como nosotros, los escritores metidos a grumetes que ahora ya sólo son candidatos a un naufragio inopinado y sólo quieren salir con vida de todo esto para poder contarlo, adornando, por supuesto, y, sobre todo, para nunca más volver a poner los pies en un barco.

El capitán y su segundo discuten a voz en cuello abajo, como si hablaran a través de varios tabiques. Me imagino que el piloto se ha deslizado hasta donde está el motor y ahora intenta un milagro, una reparación desesperada. ¿Sabrá algo de mecánica? ¡Qué pregunta idiota! Esperemos que sí, por algo se ha metido en ese lugar. Y esperemos que sepa mucho, porque de eso depende todo. Otra vez te asusta verme sonreír. Sería realmente irónico un fin así para el alegre e irresponsable equipo que formamos tú, yo y los dos badulaques que ahora están callados, atrás, de nuevo sentados sobre las velas, evaluando tal vez, supongo, el tamaño de su miedo. Debieron, debimos, pensar también en la posibilidad de un percance, cuando dijimos que sí, que nos encantaría la aventura marinera, que nos fascinaban los piratas y los pescadores, y la mar en coche. Qué diferente esta hora, en medio de este vaho oscuro y lechoso que viene de la nada, al diáfano amanecer, a las ocho de la mañana, cuando llegamos al muelle de Santa María y saltamos prestos y dispuestos, viejos bucaneros, a la nave que nos esperaba ya aparejada. Armando y Juan Manuel llevaban incluso flamantes gorras de marino. ¡Qué huevones!

Tú y yo éramos la dignidad de nuestro equipo, pero esto duró apenas porque, tan pronto el yate comenzó a mecerse rumbo al horizonte azul, te pusiste enfermo y amenazaste con un inminente vómito, que por otro lado nunca se verificó. Esto de inmediato provocó las risas de tus amigos que empezaron con aquello de que serrano que se embarca, serrano que se muere, y otras sandeces, que te hacían sonreír pero que no te devolvían el color, porque estabas verde, viejo, verde como una aceituna. Y así estuviste gran parte del día, hasta lo de los balazos frente a la isla, que sí te hicieron reaccionar, como a todos. Y, sobre todo, más tarde, ya en el crepúsculo, cuando el motor se detuvo y el barco se quedó quieto, sin una brizna de viento como para desplegar las velas. Ante las bromas de tus amigos, y el gesto alarmado del capitán, fuiste el primero en darte cuenta de la gravedad de lo que ocurría. En todo caso, fuiste el primero en decir ya nos jodimos, creo. Lo que no te ganó mi complicidad, de ningún modo.

Pero no te faltaba razón. ¡Qué va! ¡Mira en lo que estamos! Me miras aterido, pero muy atento, no eres tonto. Quisieras saber, seguro, qué pienso y qué siento. Si tengo más o menos miedo que tú. Pues, para decirte la verdad, creo que esta vez la vida nos ha jugado una muy mala broma, y que, a juzgar por la cara del capitán Trouchez, la cosa no hace sino agravarse a cada instante. Me pregunto si mi evocación de Poe y de Melville, anoche, no nos ha traído esta mala sal, esta desgracia. Claro que me muero de miedo, como tú, sólo que, como tú, evitaré darles un espectáculo a los que nos acompañan. De qué serviría ponerse a berrear ahora, a clamar perdón al cielo o a maldecir la negra suerte. Lo único que me jode, y esto sí que es duro, es el hueco, el vacío que quiere instalarse en lugar de mi estómago y con el que lucho desde hace varias horas, por lo que me tienes callado, pensando, mirando serenamente el horizonte, oteando como un viejo comanche la llegada de la diligencia. Si supieras, amigo, lo que es un nudo de vacío en el lugar de un estómago operado y del que apenas queda un tercio. O si supieras cuán trabajoso es respirar a veces, cómo es llevar el aire a través de los resquicios calcificados de mis pulmones, que silban tenuemente al cargarse de esta niebla, de esta crema helada en que se ha transformado el anochecer.

Y ahora te pones a sonreír. No se puede decir que abunde en ti la clarividencia ni la percepción del alma de los otros. Hasta quién sabe ahora te sigues repitiendo eso de qué perfil de guerrero piel roja, concha su madre, e intentas distraerte pensando que finalmente la cosa no es tan grave. Pero no te equivoques, es muy grave. Por lo que veo y escucho, y por lo que calculo, es lo que se puede colegir. Sin motor y, encima, sin velas, estamos listos para hacer de nuevo, y sin parar, la travesía de la *Kontiki*. Así que, jefe indio o no, poco vas a sacar mirándome para ver si lees alguna esperanza en mis ojos, o si escuchas alguna frase tranquilizadora de mi boca. Y tu sonrisa no puede tampoco sacarme de mi pozo. Es duro tener conciencia de que incluso al borde del precipicio uno está más próximo del fin que los otros. Aunque, claro está, de todos modos algún consuelo oirás, pues esto último te lo diré, aunque sea para calmarme a mí mismo.

Porque, ¿sabes?, lo único que me molesta de lo del viejo guerrero piel roja es la incongruencia. No de mi perfil, sino de la situación global. El peligro, quiero decir el que produce la acción (no el de los quirófanos, que es el que conozco hasta el fondo del horror), ha estado casi ausente de mi vida. Por esto la analogía es inviable. No estamos en una llanura ni en una montaña, ni nos amenaza nadie ni amenazamos a nadie con nuestras lanzas. A no ser a Trouchez, que ahora le está gritando al tripulante algo en jerga mecánico-marinera. ¡El sinfín, el sinfín...! ¿Qué será el sinfín? ¿La inmortalidad? Vaya aburrimiento. El capitán grita cada vez más. Ojalá sirva de algo. Nosotros, te decía, somos espectadores pasivos. Ése es nuestro papel, nuestra triste suerte. Me imagino que ya han desmontado el motor entero. Y la gloriosa marina peruana no aparece por ningún lado ¿Has escuchado algo? Aunque con esta neblina quién sabe si están pasando a quince metros de aquí y si te vi no me di cuenta. Eficaces como siempre, carajo. La hora es grave, muchacho, y aquí sólo tenemos un enemigo y es inconmensurable. Estamos sin rumbo, al garete, nada menos, quién lo hubiera dicho (Poe, Melville, esto ni lo soñaron), en pleno océano Pacífico, entre Tacna y Tumbes. Estamos en medio del vasto mar en el que hemos navegado plácidamente todo el día, hasta que comenzó a caer la noche en el camino de retorno y el maldito motor dejó de funcionar a eso de las malditas seis de la tarde, mientras nos envolvía esta niebla que le pondría la piel de gallina a cualquiera, esta nube que de pronto se descolgó del cielo no sé si para protegernos o para perdernos definitivamente.

Me dirás que exagero, que lo de que navegábamos plácidamente es un decir, porque unos y otros, de algún modo, hemos pagado nuestra falta de experiencia marinera. Y tendrías razón, pero mientras los otros, tus amigos, e incluso yo, nos hemos arreglado para disimular nuestra novatada, a ti, viejo, las náuseas no te han perdonado. Aunque eres capaz de reaccionar. Al empezar la tarde, cuando llegamos frente a la isla, fuiste el que más se animó, y el primero que vio que había soldados en la costa y que rastrillaban sus armas. El capitán no lo podía creer, y o se distrajo o quiso deliberadamente provocar un incidente, pues haciéndose el que no entendía lo que los milicos decían con su megáfono, mantuvo proa hacia la isla. La cosa cambió cuando escuchamos las metralletas vomitando (todo vomita en el mar) hacia el cielo, sobre nuestras cabezas. Un claro mensaje. Pronto estuvimos rehaciendo el camino, y mientras el capitán le mentaba la madre al oficialito ese, tú nos confirmabas lo que todos habíamos oído. El megáfono había sido claro, ésa era zona de seguridad pues era la zona donde pescaba y descansaba el Señor Presidente. Ni más ni menos.

Así que no hubo almuerzo y la tarde era corta como para intentar llegar hasta otra isla. No quedaba sino volver. Armando y Juan Manuel volvieron a darle al whisky y también te hicieron beber, lo que te retornó con más entusiasmo aún a las náuseas. Y, mientras la tarde caía, tú, el que de pronto mira ahora serenamente la situación, te pasaste horas y horas a punto de debocar, agarrándote de los bordes de la embarcación, de los cables de las velas, mientras los otros insistían en que un gallinazo serrano no podía ser nunca un cormorán y menos un albatros. Limeñitos de mierda, decías, buscando mi complicidad pero yo no te la podía dar en ese terreno porque también soy de Lima, por más consciencia que tenga del mal que quieres conjurar. Los que sí escuchaban atentamente eran el capitán, el tripulante y el elegante cocinero. Hasta que el primero dijo, dirigiéndose a tus amigos, no sé que tipo de bromas se gastan entre ustedes, pero quisiera señalarles que, en este barco, el mejor, el más experimentado marinero es Manuel, y que Manuel, que es de Abancay, aprendió a nadar a los veinte años. Y puso la mano en el hombro de su cetrino piloto, que nos miraba adustamente. A tus compinches, y a todos, creo, se nos caía la cara de vergüenza. Y en adelante ya nada fue como antes. Poco después se produjo la avería y nos quedamos al pairo. ¿Se dirá así, o no? Nos quedamos al garete, creo que está mejor. Me parece.

Lo mejor de todo es que ahora estás allí, tan campante, vigilando mis reacciones, como si yo fuera el capitán, como si de mí dependiera que salgamos con bien de esto. Es sorprendente lo que hace una situación de peligro. El capitán ha desaparecido otra vez. La cosa se prolonga. Dos horas ya. Supongo que han vuelto a intentar reparar el motor en la bodega, si es que hay bodega en este yate o velero, que ya no sé qué es. Es increíble lo ocurrido. Me sigue pareciendo imposible que a mí me suceda esto. Yo mi final lo veía más bien en mi cama y con morfina, y no con estos sustos. Los otros se han callado en todas las lenguas. Tienen razón.

Para alguien que nos viera desde el exterior, bajo esta neblina debemos componer un cuadro fantasmagórico, digno de los mejores relatos románticos de navegación. ¡Joder! ¡Si alguien me lo hubiera dicho ayer...! ¡Nunca nació alguien con alma menos marinera que yo! Me sigo preguntando, entonces, ¿qué cuernos hago aquí? A Neptuno sólo lo conocía de lecturas. A mi derecha, apoyándote a estribor y agarrándote firme de una cuerda, sigues tú, lejos ya del mareo que te ha acompañado todo el día. Estás tenso y atento a lo que puede pasar. Ahora eres un observador acucioso de las reacciones de cada uno de nosotros, y el que más me mira para ver seguramente cuál es mi conducta en un momento como éste. Vaya, vaya con el serranito. Las cosas que se te ocurren. Eres buena gente pero a veces te complicas la vida con ese exceso de observación que termina siendo un exceso de preocupación. De pronto suena una débil explosión y el motor se pone de nuevo en marcha. De la bodega, o de donde diablos sea, sale un grito triunfal que nos llega como atenuado y nosotros nos ponemos a gritar también.

Veo claramente cómo el drama se bate en retirada con la nariz sangrante, demolido por cada uno de los golpes acompasados con que el motor rompe la noche y la neblina. El pánico de Juan Manuel se diluye también, pero se expresa de nuevo en lágrimas. Llanto de borracho alegre. ¡Nos salvamos, nos salvamos, carajo! El pavor sin gestos de Armando se evapora y ríe con su risa astillada. El miedo cede su lugar de nuevo a tus náuseas, Alfonso, que ya las veo venir, pese a tu sonrisa, pese a tu alivio. Y el miedo del viejo escritor, que está templado por otros mil miedos, se zambulle en el mar y lo deja solo, solo como siempre frente a su horizonte de dolores, tos, esputos, a su infierno aséptico, clínico, rampante.

El capitán sube y me da un abrazo. Todo en orden, dice. En una hora u hora y media estaremos frente a Santa María, donde comeremos un buen pescado horneado a la sal, preparado por el amigo sibarita. Yo miro a los míos y no les dejo responder. Agradezco, pero no me siento bien. Yo tengo que retirarme, le sonrío a Trouchez, así que le agradecería que tan pronto lleguemos desembarquemos. Que nada de esto nos impida celebrar, vocifera Armando, estentóreo, casi cantando. Y de nuevo salen las botellas de lujo de las canastas escondidas. Juan Manuel parece haber estado escondiendo también su borrachera alegre, pues tras el primer brindis vuelve a reír y a hacer bromas pesadas. Serrano, el susto que te pegaste, te dice, y tú sonríes con filosofía, bien asido a un cable.

Cuando las luces del puerto ya casi nos abrazan, Juan Manuel, de nuevo altisonante, se acerca al capitán y le espeta: casi nos matas, carajo. De no haber sido por el cholo que arregló el motor, ¿dónde estaríamos ahora? El reproche quería ser una broma y la broma se quebró de nuevo en llanto. Estaríamos aquí, zonzo, ni más ni menos, le dice el hombre de negocios, bajándose la visera de la gorra. En realidad, el motor nunca estuvo dañado. Fue una broma para ver cómo reaccionabas tú, que te ríes de todo el mundo, y en particular de los serranos. No me jodas, pendejo, espeta el borracho, quitándose y poniéndose la gorra. No me jodas. Así es, como lo oyes, dice el capitán. Nunca estuvimos perdidos. Incluso sin motor, con el poco viento que tarde o temprano hubiéramos tenido, íbamos a entrar a puerto, a este puerto. Y con las cartas que tenemos, con nuestro equipo GPS y con nuestro conocimiento del *Tritón*, de sus puntos fuertes y débiles, Manuel y yo los hubiéramos llevado no sólo a Santa María, adonde estamos llegando, sino a Salaverry, a Punta Sal o a las Galápagos, a donde hubiéramos querido. ¡Concha tu madre, te voy a matar!, vomita Juan Manuel intentando abalanzarse contra el capitán, pero Armando lo retiene pasándole un brazo por el cuello hasta cortarle la respiración. El capitán Trouchez estalla en una risotada.

La noche está ya avanzada cuando entramos en el puerto. El espeso banco de niebla que rodeó la pequeña embarcación ha quedado atrás, pero a la vez me acompaña. Dentro de mí sólo se puede ver a unos cuantos palmos debajo del cono de luz que cae desde el mástil. Sospecho algo que no quisiera confesarme a mí mismo, y menos a los otros. De ser cierto lo que he oído, pienso que de algún modo nos tenemos merecido todo esto, por mentecatos. Así que a encajar la lección. Si los otros no la han aprendido ya me encargaré de ellos en los próximos días.

Salto a tierra (me gusta, me encanta la expresión). Salto a tierra, mejor dicho subo al muelle, con tu ayuda, y el piso parece ponerse a bailar bajo mis pies, bajo mis piernas de gelatina, temblorosas e informes, y necesito concentrarme para conservar el balance, para no darme un golpe contra los palos de los bordes, o irme de frente al mar (lo que sería el colmo). Lo que me distrae de los sentimientos contradictorios en que me he zambullido, pero no de la última imagen que vi al dejar el yate, la del capitán Trouchez riéndose todavía como un descosido, hasta ahogarse, rojo, con el rostro brillando en la noche como una berenjena. Y la mirada ofendida, ofuscada, de Armando, y sobre todo de Juan Manuel, que aún llevaba su gorra de marinero, a quienes el lobo de mar les daba palmadas en la espalda mientras tosía, diciéndoles ¿no querían aventuras, so cojudos? Yo lo miré fijamente y dejó de reír. Tenía toda la razón y a la vez ninguna. Aprovechó la pausa para limpiarse las lágrimas, para sobarse el rostro con las manos y, lanzando un suspiro, secárselas luego en su fina camiseta de marca europea. Yo tenía ganas de reírme también, pero, aún más, ganas de romperle algo a ese individuo. ¿La cara? ¿La risa? Yo soy pacífico, aunque alguna vez estuve, hace ya mucho, en medio de una trifulca callejera. Nada de lo ocurrido merece que agravemos más el disgusto. Minutos después, cuando Trouchez me extendió la mano yo miré hacia otro lugar, y ya me apoyaba en tu brazo, muchacho, para alejarnos cuanto antes de allí, que era lo único que había que hacer. ¡Habráse visto, carajo! ¡Valiente hijo... del mar, y valientes cojudos nosotros!

París, abril de 2001

EL MAR, LA MAR,
EL MARIO, LA MARÍA

HERNÁN RIVERA LETELIER

Era la pampa, el salitre, la sequedad, el desierto de Atacama. Yo tenía nueve años y nunca había visto la mar. Hacía dos días que mi hermana y mi madre habían viajado al puerto a buscar casa. Nosotros —mi padre y yo— nos habíamos quedado embalando los bártulos. De modo que aquella tarde, apenas mi hermana saltó de la pisadera de la góndola, me le abalancé encima para que me contara la mar. El mar, me dijo ella en tono didáctico. Yo no le dije nada. A mí me gustaba más la mar. El campamento minero paralizaba sus faenas y teníamos que emigrar de nuevo —el éxodo constante de los pampinos—. Algunos partían a trabajar a otras salitreras; otros volvían al sur, a su tierra natal, allá en los campos de la patria. Nosotros, como muchas otras familias (incluida la de María), nos íbamos al puerto más cercano, nos íbamos a Antofagasta. Partíamos temprano al día siguiente, así que yo me fui a acostar de los primeros (habíamos embalado todo menos los colchones). Pero no fue a dormir que me recogí esa noche, sino a pensar, a imaginar, a soñar la mar. No el mar, sino la mar. La mar, como la María; como la María que tenía ojos del color de la mar. Que era azul pero más que azul, había dicho mi hermana; que era verde pero más que verde; que era como verde y azul revueltos. ¡Verdeazul como los ojos de la María!, dije yo casi gritando. Mi hermana sonrió. Ella siempre había sospechado que a mí me gustaba la María. Y cómo me gustaba. Antes sólo había tenido el cielo para comparar el color de sus ojos alacranados. Y un día se lo había dicho: Tus ojos son puro cielo, María. Ella, que tenía la misma edad de mi hermana —un año más que yo—, me dijo que los míos eran del color de los cerros. Ella tampoco conocía la mar, sólo la había visto en películas. Ella podía ir al biógrafo. Yo no. Mis padres eran evangélicos. De modo que yo ni en películas ni en fotos ni en sueños conocía la mar. Simplemente no me la imaginaba. Y mi hermana había llegado esa tarde del puerto mostrando un tesoro de cosas nunca antes vistas por mis ojos, cosas de la mar. Traía caracolas, traía conchas, traía huiros, traía estrellas de mar. Huele, me decía, es el olor del mar. Y mis sentidos se llenaban de sensaciones raras, extrañas, peregrinas. Había llegado hablando palabras nuevas mi hermana aquella tarde memorable; palabras bellas, fulgentes, mágicas. *Gaviotas* llegó diciendo, *garumas, pelícanos, olas más altas que la casa.* Las gaviotas, las garumas y los pelícanos me los podía imaginar, eran pájaros, volaban (como las golondrinas y los gorriones, únicos pájaros que yo conocía hasta entonces). Pero las olas, qué eran las olas, que cosa podía tener un nombre que se me deshacía en la lengua. La pronunciaba y la palabra se me volvía agua en el paladar. Son tumbos, dijo mi hermana. Y quedé aún más perplejo. Son montones de agua que llegan a la arena rugiendo, dándose vueltas de carnero y haciéndose espuma blanca, trató de explicar mi pobre hermana. Y las palabras le llegaban como olas a la boca y se le hacían espumilla en la comisura de los labios. Verdeazul, olas, tumbos, agua salada, gaviotas rayando el cielo y pelícanos con un pico como bolsa de comprar pan. Cómo será, pensaba yo. Agua azul, agua verde, agua verdeazul, agua y más agua; y más allá de donde llegaba la vista, más agua todavía. Y al atardecer el sol hundiéndose en el agua, redondo como una naranja, en serio que sí, hermanito, te lo juro. ¿La mar apagando el sol o el sol haciendo hervir a la mar? Ya me estaba afiebrando. Yo sólo había visto el sol escondiéndose detrás de los cerros pelados. También había dicho arena y rocas, mi hermana. Bueno, la arena la conocía, el desierto estaba lleno de arena y de piedras. Claro, las piedras eran las rocas. ¡Y el salitre podía ser la espuma! Sólo faltaba el agua para convertir la pampa en mar. Mi padre una vez me había dicho que toda la extensión de la pampa salitrera antes había sido un mar. Y una tarde, para demostrármelo, cuando llegué a la calichera a pie descalzo llevándole su pan con mortadela y su tecito preparado en botella de Bilz, mi viejo me mostró una bolón de caliche partido en dos (una roca de caliche) en cuyo interior se veía el dibujo de un pez petrificado. Fue la primera vez que oía decir pez; hasta ese momento sólo conocía la palabra pescado. Ése era un pez, pero de piedra. Y mi pobre padre tenía que partir esas piedras de caliche con su macho de 25 libras, triturarlas a puro ñeque mientras mojaba su cotona con el agua que le chorreaba de la cara, de su torso, de su cuerpo aperreado. El sudor era agua salada. Igual que el agua de la mar. Y era más grande que la pampa, había dicho mi hermana. Cómo sería ver tanta agua junta, diosito santo. En la casa ni siquiera había agua potable. El agua para tomar había que acarrearla en balde desde el caño de la esquina (antes era peor, contaba a veces mi padre, antes nos repartían una ficha que decía «vale por un hectólitro de agua», y con ese poquito la vieja tenía que cocinar y dejar para lavarnos la cara).

A mí me gustaba ir a buscar el agua al caño de la esquina en mis dos baldes de lata galvanizada y mi gancho a la espalda. Mientras se llenaban los baldes yo contemplaba las burbujas de agua con la misma fascinación con que se contempla el flamear de una fogata. Y el agua acumulada en el barril dispuesto en la cocina de la casa era la cantidad más grande de agua junta que yo había visto en mi vida. Siempre me habían hablado de la piscina de la casa del administrador, pero nunca la había visto. Una vez fuimos a mirarla con la María. Eludimos a los guardias —guardias a caballo que correteaban con huasca a los niños que querían invadir el sector de los gringos—, y llegamos por la parte de atrás. Pero la piscina estaba sin agua. La están limpiando, dijo la María, decepcionada. ¿Y si al llegar a Antofagasta la mar estuviera vacía? ¿Limpiarían también la mar? En verdad, estaba delirando. La María se reiría como loca si me oyera decir eso. Mar, María. Mar, Mario. El mar la mar el mario la maría. Sonaba bonito decirlo rápido. Las palabras parecían encresparse, moverse, mecerse como había dicho mi hermana que se mecía la mar. Parece una cuna, dijo. El mar la mar el mario la maría. Hasta daban ganas de dormirse acunado en su compás. El mar la mar el mario la maría. Mañana, antes de partir, iba a escribirlo en una de las calaminas del callejón pintadas a la cal, en el mismo lugar donde le había dado el beso a la María (su hermana no tenía idea). Lo dejaría escrito como recuerdo: *el mar la mar el mario la maría*. Aunque no creía que durara mucho tiempo escrito, pues el sol del desierto resecaba y descascaraba la cal de las calaminas en un tris. Había oído el crepitar de las calaminas ardientes bajo el sol del mediodía, había visto descascararse la cal requemada. Y ese crepitar era como el burbujeo del agua cayendo a los baldes galvanizados. Así debía sonar también la mar, las olas, los tumbos de agua dándose volteretas en la arena. Si le parecía oír el agua debajo de las frasadas, hasta sentía la sensación de humedad, de estar bañándose a la orilla de la mar, mojándose de la cintura para abajo, de la cintura para abajo nomás, porque no había que meterse muy adentro. Hay corrientes, había dicho su hermana. Y de nuevo se había quedado con la boca abierta, como un babieca. Ah, la mar, el mar; si sólo fuera la mitad de hermosa a como la pensaba, la imaginaba, la soñaba. Si hasta lo sumía en un estado de gracia imaginarse la mar, se sentía como en el limbo. Entresueños, la sentía correr mansita por entre las piernas, mojarle las rodillas, mojárselas... ¡Diantres, si parecía que se estaba mojando de verdad! Se estaba orinando en el colchón. Tenía nueve años y se estaba haciendo pichí en la cama. Pero, bueno, qué se le iba a hacer, ya no podía cerrar la llave. Mañana se levantaría temprano y retobaría él mismo su cama. Nadie debía notarlo. Nadie tenía que ver la mancha, la huella de la ola que lo seguía mojando rico de la cintura para abajo. Mañana se levantaría temprano, enrollaría su colchón y listo. Mañana, sí, mañana. Que no se fuera a enterar su hermana, porque de seguro se lo contaba a la María. Se lo contaba en el camión, porque ella se iba en el mismo camión, el camión fletado a medias por las dos familias. «El Mario amaneció mojado, María.» «María, el Mario dice que le gustas; que te va a llevar al mar.» Ah, qué tibiecita la mar corriendo por la entrepierna. Qué rico el mar la mar el mario la maría. Mañana lo iba a escribir en la cal de las calaminas. Mañana la mar, María. Mañana el mar la mar el mario la maría.

Abril de 2001

EL ÚLTIMO ABORDAJE
DEL *DON JUAN*

Antonio Sarabia

A Arturo Pérez Reverte.

Sus facciones eran hermosísimas: la nariz de gran regularidad; los labios pequeños y rojos como el coral; la frente, amplia, surcada por ligeras arrugas, lo cual imprimía a aquel rostro un no sé qué de melancólico; ojos de perfecto diseño, negros como carbunclos y animados por una luz tal que, en ciertos momentos, debían de asustar incluso a los más intrépidos filibusteros del golfo.

EMILIO SALGARI
El Corsario Negro

Hoy se ha fraguado aquí una espada para cuyo temple se necesitará sangre.

RAFAEL SABATINI
El Halcón del Mar

La fragata, enarbolando la siniestra bandera de los filibusteros, acechaba oculta tras un promontorio de la costa. La caña trincada a sotavento y el trapo desplegado de dos velas menores la mantenían inmóvil en su sitio, a la capa, según la jerga marinera, para evitar que recalara contra los cercanos arrecifes. El nombre de *Don Juan*, pintado en ambos lados de la proa y el esqueleto de cuerpo entero, con un reloj de arena entre las manos, bordado en el negro pabellón que ondeaba en lo alto del palo de mesana, la identificaban como el barco insignia de Jean le Chien, el sanguinario renegado francés, célebre por sus excesos y su pasión por la mandolina, instrumento con que acompañaba sus canciones y que sabía tañer con la misma destreza con que empuñaba la espada. Un ser extraño, imprevisible y cruel, nacido en el seno de una familia de la más alta aristocracia de su país, que había renunciado por razones misteriosas a sus tierras y a sus títulos para consagrarse a la piratería.

Se contaba que en una época había sido contramaestre y hombre de confianza del célebre corsario Jan Janszoon van Hoorn, con cuya hija tuvo amores y a quien acompañó, junto con Diego el Mulato, en el asalto a las murallas de Campeche. Un día, sin que se divulgaran los motivos, dejó la sociedad del legendario capitán flamenco para fletar su propio barco y adherirse a la Hermandad de la Costa. Desde entonces, si no se le encontraba en los peores tugurios y prostíbulos de la isla de La Tortuga, despilfarrando las piezas de a ocho arrancadas a los galeones españoles, se le sabía merodeando en el verano por las costas de la Nueva Inglaterra para bajar luego, durante los duros meses de invierno, a las de Veracruz, Yucatán, Venezuela y las islas antillanas. Recorría incansable las rutas de intercambio marítimo asaltando a las naves que las frecuentaban, sin importar su origen, destino o procedencia. Ninguna escapaba a su furia, como si detestara al género humano y hubiese decidido emprender una guerra privada contra él. Saqueaba desde a los altos galeones españoles, cargados de la plata acuñada en Zacatecas, hasta a las barcas de pescadores y a los ligeros pataches apátridas que contrabandeaban tabaco, azúcar, paños, lienzos o el producto de sus propios pequeños latrocinios entre los pueblos de la costa. Se consideraba a sí mismo un perro del mar, de ahí el haber renunciado a su nombre verdadero para adoptar el de Jean le Chien, apelativo que gustaba portar con mordaz solemnidad.

Por todo el Caribe corrían de boca en boca los relatos tanto de sus hazañas como de sus tropelías. Se hablaba de barcos al garete iluminando la noche con el fuego de sus incendios, de otros echados a pique con las cubiertas ennegrecidas por la sangre de sus pasajeros, de tripulaciones enteras arrojadas al mar con los tendones de las corvas cercenados, o abandonadas a su suerte en cualquier estéril arrecife, sin agua y sin un mendrugo que comer. Esas atrocidades se llevaban a cabo por órdenes del músico pirata quien, mientras las presenciaba, componía canciones tristes a los dulces acordes de su mandolina. Así se mantenía durante meses alejado de su cuartel general en La Tortuga. Si escaseaban los víveres, se reaprovisionaba entrando a saco en cualquier villorrio del litoral para abastecerse de nuevo de agua, leña, aceite, frutas, ganado, vino y aguardiente.

La mañana despuntaba apenas. El sol no abrasaba aún con el sofocante calor del mediodía. Sobre el combés del barco puesto al pairo pareciera que no soplaba el viento, apenas si se escuchaba el ruido del agua al chocar contra las amuras. De no ser por el gemir del casco y el leve cabeceo de la nave, se habría dicho que ésta se hallaba suspendida entre dos mundos, sosteniéndose a flote entre el cielo y la tierra, más allá del bien y del mal, sin que nada, aparte de las cuatro yardas de tela negra enarboladas en el pico de la cangreja, traicionara sus aviesos propósitos.

La tripulación, aventureros de toda laya, prófugos, parias y malhechores de los cuatro rincones de la Tierra, a quienes los azares de la vida habían transformado en encallecidos ladrones del mar, mataba el tiempo poniendo a punto sus armas, afilando espadas y dagas, cebando granadas, pistolas y arcabuces, engrasando el cuero de sus coseletes, o bruñendo el bronce de los cañones de veinticuatro libras, cuyas amenazadoras bocas permanecían ocultas tras las portañolas cerradas en ambos costados de la fragata.

Desde su puesto de mando, acompañado por un joven grumete de piel oscura que yacía echado como un fiel cachorro a sus pies, Jean le Chien se aburría oteando el horizonte y vigilando el escrupuloso quehacer de sus marineros. Era de talla pequeña y musculosa, con el rostro curtido por el sol y el cuerpo cruzado de costurones y cicatrices, fieros recuerdos de otros tantos duelos y abordajes; llevaba el rubio cabello cubierto por un curioso bonete que le concedía un imprevisible aire eclesiástico, traicionado de inmediato por la implacable mirada de sus deslavados ojos verdes.

Al cabo de un rato el filibustero extendió los brazos, desperezándose, y bostezó como si despertara de un sueño. Lanzó una última mirada melancólica a la inmensa y desolada masa de agua que se extendía ante su barco, e hizo una seña al joven que le acompañaba. El grumete mulato, que no le perdía de vista, estaba al parecer entrenado a discernir hasta el último sentido de sus gestos más ínfimos porque se levantó sin esperar explicaciones y volvió trayendo consigo una primorosa mandolina que puso sin tardanza en manos de su capitán. Éste acarició con evidente placer la madera preciosa del instrumento, rasgueó las cuerdas para hacer unos cuantos ajustes y empezó a tocarlo, y a cantar, con aquella dulce voz de barítono que enloquecía a las prostitutas en los burdeles de La Tortuga.

Drinke to me, onely, with thine eyes
And I will pledge with mine;
Or leave a kisse but in the cup,
And Ile not looke for wine.

Como invocada por el hechizo de la melodía, una silueta fue asomando allá en el horizonte, tras la eminencia rocosa que escondía al barco pirata. Primero las lonas del bauprés, después la proa, luego las velas cuadradas del trinquete y, en seguida, las del palo mayor, todas hinchadas al viento, navegando confiada rumbo al norte. Su aparición fue señalada por los gritos de los gavieros trepados a las cofas. Los marineros abandonaron sus tareas para congregarse en la amura de babor y observar con atención a su posible presa. Se trataba del *Duquesa de Weltendram*, una urca flamenca de gran porte perteneciente a la Compañía Holandesa de las Indias Occidentales. Bastante mayor que el *Don Juan*, la sabían artillada con cañones de dieciocho pulgadas en el centro y de doce en la popa. Acababa de hacer escala en Basseterre, donde su tamaño y armamento atrajeron la atención de los espías a sueldo que los filibusteros conservaban en los puertos más importantes del Caribe. Algo valioso traería a bordo, algo que justificara esa potencia de fuego en un barco de carga. En las tabernas del muelle se averiguó que venía de Pernambuco con varios pasajeros y las bodegas repletas de palo de Brasil y de metales preciosos. Una bella pieza si lograban capturarla. Los piratas la contemplaron en ávido silencio, imaginando ya suyas las riquezas que portaba. Sólo Jean le Chien permaneció impasible. Siguió cantando, como si el bajel holandés necesitara de la siguiente estrofa para materializarse por completo:

> The thirst, that from the soule doth rise,
> Doth aske a drinke divine:
> But might I of Jove's nectar sup,
> I would not change for thine.*

Cuando la urca estuvo toda a la vista, Jean le Chien devolvió la mandolina al chico que se la había traído e hizo al contramaestre un ademán de aprobación. Éste dio de inmediato la orden de largar velas y

* «Brinda sólo conmigo, con los ojos, / los míos te imitarán / o deposítame en la copa un beso / y no habrá vino igual. Si para saciar la sed del alma / licor divino hay, / ni el néctar de los dioses yo cambiara / por el que tú me das.» *A Celia*, Ben Jonson (1572-1637). (*T. del A.*)

ponerse en movimiento. Los hombres se precipitaron a levar anclas, extinguir fogones, trepar flechastes y maniobrar jarcias. Hubo un balanceo de mástiles, de lonas que se van desplegando unas sobre otras, y el *Don Juan* cabeceó antes de abalanzarse hacia delante, cual pantera en acecho que se enderezara de pronto. El tajamar, bajo el mascarón de proa tallado en forma de sirena, hendió las aguas como un cuchillo abriendo un surco espumoso en el líquido azul. La fragata abandonó la rada que la había acogido y ocultado y puso rumbo al noroeste dispuesta a cortar la ruta del bajel holandés.

Los marineros flamencos no tardaron en advertir la presencia del navío pirata. El sol de la mañana les daba en los ojos, impidiéndoles identificar al barco que se acercaba y mucho menos distinguir el gallardete rojo ondulando en un extremo del palo mayor y la bandera negra en lo alto del mesana. De cualquier modo, la presencia de una fragata desconocida en esas aguas no auguraba nada bueno. La urca no perdió tiempo en izar el paño restante para aprovechar hasta el último soplo de brisa y alejarse del intruso que tan resueltamente le salía al paso.

El *Don Juan* navegaba más cerca del viento, con los alisios empujando fuerte, por lo que el *Duquesa de Weltendram* decidió virar dos puntos al noroeste, en el mismo derrotero que sus perseguidores, y ceñirse al viento con todos sus aparejos para acelerar la fuga. La maniobra lo ponía, además, sobre la ruta de la isla de San Martín, uno de los últimos reductos holandeses del Caribe. Con un poco de suerte, podría ganar la costa y ponerse a salvo de peligros bajo la sombra protectora de los cañones del fuerte.

Pero los piratas acortaban distancias a ojos vista. El *Don Juan*, más velero, hecho a las persecuciones y con el casco recién encalado en La Tortuga, se deslizaba como un gavilán a ras del mar. Todas las velas desplegadas, los cabos tensos como si estuvieran a punto de romperse, inclinado sobre la amura de babor, su borda casi rozaba la superficie de las aguas que bañaban a ramalazos la cubierta.

Para los perseguidos se hizo pronto evidente que no pasarían muchas horas antes de que se les diera alcance. Se daban también cuenta de que, cuando se acercaran lo suficiente, a los piratas les bastaría un golpe de caña hacia el poniente para mostrar todos los cañones de su banda de estribor contra casi ninguno de los holandeses. Seguiría una descarga cerrada de las piezas de veinticuatro que no tendría como propósito destruir la urca sino averiar sus masteleros e inmovilizarla lo bastante como para intentar el abordaje. Para evitarlo, si antes no llegaban a la isla, esto estaba muy claro para sus tripulantes, al *Duquesa de Weltendram* no le quedaría más remedio que orzar la barra y hacerles frente.

La persecución llegó a su fin al mediar la tarde, cuando el litoral de San Martín se divisaba ya en el horizonte. Demasiado lejos todavía para permitirle abrigar a nadie la inútil esperanza de refugiarse en su costa. A los holandeses no les quedaba más alternativa que cobrar ánimos, encomendarse tanto a Dios como al calibre de su propio armamento y decidirse a entablar combate. La urca describió una rápida curva a barlovento y se dispuso a encarar al *Don Juan* con todos los cañones de la banda de estribor. La nave pirata siguió de largo, a toda vela, fuera del alcance de las baterías holandesas, antes de virar a su vez en redondo y, con las lonas empezando a gualdrapear, venir a situarse a la altura del *Duquesa de Weltendram*.

Jean le Chien dio orden de abrir las portañolas y las formidables piezas de veinticuatro asomaron sus siniestros morros por las aberturas de las troneras, los artilleros fijos en sus puestos, los ojos quietos en la mira y las mechas encendidas en la mano, aguardaban la señal de hacer fuego. El capitán pirata concibió en pocos instantes un plan simple y atrevido para librar la batalla decisiva. Convocó a sus asistentes y, con voz áspera y cortante, dio las instrucciones necesarias para que se llevara a cabo. Dispuso emparejar la fragata con la urca, desafiarla con una descarga de artillería y, después de arrostrar una primera andanada holandesa, aproximarse lo suficiente para lanzar los garfios de abordaje y emprender el asalto sin darles tiempo a recargar los cañones.

A dos cables de distancia, las baterías del *Don Juan* abrieron fuego sobre el *Duquesa de Weltendram* con un estruendo ensordecedor, intentando poner fuera de combate el mayor número posible de cañones holandeses y minimizar con ello los estragos de su respuesta. Aunque la densa humareda de la descarga les impedía de momento apreciar el efecto de sus disparos, el crujido de aparejos que se desploman, los gritos, quejidos y maldiciones les permitieron inferir que varios de ellos habían dado en el blanco. El *Duquesa de Weltendram* respondió después de unos instantes de vacilación con una salva no menos atronadora. Dos proyectiles hicieron impacto directo en el *Don Juan* abriendo sendos boquetes en la amura y convirtiendo lo que encontraron a su paso en un sanguinolento revoltijo de fragmentos de madera, hierros retorcidos, carne humana reventada y huesos entremezclados, otras pasaron sobre el puente con un silbido lúgubre para ir a chapotear más allá de la fragata y, una más, trozó una verga del trinquete que se vino abajo con un fragoroso gemido de madera fracturada arrastrando consigo lonas y cordajes y rompiéndole la espalda a un marinero en su caída.

Al disiparse el humo de las andanadas los dos barcos se encontraron navegando todavía lado a lado, casi a tiro de pistola, y Jean le Chien pudo comprobar que el *Duquesa de Weltendram* había sacado la peor parte en el cañoneo. La cubierta de la urca estaba sembrada de cadáveres, muñones de aparejos y piezas de artillería arruinadas o fuera de sitio, con las bocas apuntando hacia ninguna parte. Pero no por eso los holandeses cejaban en la lucha: desde el bajel pirata se veía a los artilleros preparar afanosos una segunda andanada y se escuchaba el ruido de sus baquetas introduciendo nueva carga en las baterías disponibles. El resto de los tripulantes se aprestaba a resistir el abordaje alineando sobre el puente trozos del maderamen demolido, fardos, barriles y maromas a modo de improvisado parapeto tras el que cada cual acudía a resguardarse avivando la chispa del mosquete, presto el dedo en el gatillo, bien dispuesto a acribillar a los primeros asaltantes. El *Don Juan* siguió acercándose mientras los filibusteros apostados en lo alto de su arboladura, a caballo sobre las crucetas y los baos de las gavias, interrumpían esos apresurados preparativos de defensa con una cerrada descarga de arcabuces que procuró sobre todo causar bajas entre artilleros y oficiales. Al agotar las municiones, los piratas no perdieron tiempo recargando las armas, continuaron desde arriba su obra destructora lanzando las granadas de mano que tenían acumuladas en las cofas y que terminaron por diezmar a los despavoridos holandeses. Casi al mismo tiempo, sus cañones de persecución, dos baterías de nueve libras colocadas arriba del alcázar, y que habían sido previamente vueltas hacia la inerme silueta del *Duquesa de Weltendram*, vomitaron su dura carga de metal sobre lo que restaba en pie de las inconclusas barricadas, haciéndolas saltar en pedazos y provocando una nube de escombro y astillas que, además de herir, aumentó el pánico y la confusión entre sus defensores.

Mientras duró aquel mortífero intercambio de metralla, el joven grumete se mantuvo muy cerca de su amo, agazapado junto a él, con un sable en la mano. Fingía una sonrisa de falsa resolución, pero la inquietud se le retrataba en el semblante. Cuando los ganchos de abordaje volaron por encima de sus cabezas para asir la nave enemiga, Jean le Chien le pasó los dedos por entre los cabellos rizados, en un fugaz intento de inspirarle confianza, y en seguida se irguió, espada en mano, el primero entre todos, para conducir a sus hombres al asalto.

Los piratas se precipitaron hacia el *Duquesa de Weltendram* lanzando alaridos para infundirse ánimo y aterrar a sus contrincantes. Mientras los de arriba se dejaban caer desde los aparejos, descolgándose por los obenques y los cabos de las gavias, los demás trepaban por las sogas de los bicheros y las troneras de los cañones, con los arcabuces a la espalda, la daga entre los dientes, el sable o el hacha de abordaje en la mano hábil y un par de pistolas bien fajadas a la cintura.

Sobre el puente de la urca fue pronto todo confusión, exclamaciones, ruido de hierro, votos a Dios y al diablo, gemidos de agonía, estampidos, humo y tufo a pólvora, estocadas que iban y venían, pies tropezando con cuerpos derribados o resbalando sobre los charcos de sangre que se iban extendiendo sobre la cubierta.

En un momento de la refriega, en medio del entrechocar de los aceros, Jean le Chien descubrió al grumete que le acompañaba en el *Don Juan*. Yacía con los ojos en blanco, tumbado contra uno de los toneles de la inútil barricada que se quiso oponer al asalto pirata. Al filibustero le bastó una sola ojeada para comprender que el mulatillo no volvería a tirarse jamás como un perro a sus pies atento a sus deseos, ni le traería otra vez la mandolina, ni le escucharía entonar canciones de amor. Alguien había puesto fin a su incipiente existencia abriéndole el vientre de una enorme cuchillada. El pirata se acercó a cerrar sus ojos con el mismo gesto con que le había acariciado los cabellos antes de subir al abordaje y se dispuso a proseguir la lucha.

Ya no quedaba gran cosa por hacer. El capitán holandés y la mayor parte de sus oficiales estaban muertos o fuera de combate y los pocos sobrevivientes deponían las armas en señal de rendición. No tenía objeto prolongar aquella inútil resistencia, susurraban, podría incluso enfurecer más a sus captores y multiplicar las humillaciones y tormentos a los que ya se sabían predestinados.

Sólo un animoso joven, de cabellos oscuros y rostro bronceado se negaba a rendirse. Se sostenía como fiero león, sin flaquear, sin retroceder, defendiendo a pie firme la puerta de un camarote del castillo de popa. Su hierro estaba empapado hasta la empuñadura en la sangre de los enemigos que había muerto o herido protegiendo esa entrada. Los piratas habían formado un semicírculo a su alrededor y le miraban con una mezcla de rencor, mofa y estupefacción. Una manada de lobos en espera del momento propicio para arrojarse todos al mismo tiempo sobre su víctima y despedazarla.

Jean le Chien lo contempló con curiosidad. En sus ojos pálidos y turbios se reflejó algo semejante a una involuntaria admiración. No era alguien que desdeñara a los hombres de bravura aunque, en esa que le tocaba presenciar, hubiera mucho de insensato e, incluso, de patético. Pero al joven no debía parecerle así. Sostenía, impávido, la espada en alto, apuntándola ora aquí, ora allá, ora acullá, como si en verdad el continuo trazo del acero a su alrededor fuese el pivote invisible que impedía al grillete humano acechando en torno suyo cerrarse en definitiva sobre él y aniquilarlo. Vestía con una sobria elegancia que hacía justicia a su porte aristocrático. Se trataba, sin duda alguna, de un hombre bien nacido, tal vez de elevado linaje. En todo caso, de un caballero cuyos movimientos revelaban al esgrimista competente, orgulloso del oficio, bien familiarizado con el ejercicio de las armas.

A Jean le Chien le bastó alzar una mano para contener a su gente. Ésta, al verlo acercarse, le abrió paso ampliando el círculo que rodeaba a su indómita presa para incluir en él a su capitán. Él, todavía sin pronunciar palabra, remedó una calmosa venia y fue a chocar con suavidad la hoja de su espada, también tinta en sangre, contra la de su oponente. La tocó con deliberada delicadeza. El gesto entrañaba una burlona, aunque comedida, invitación a batirse con él. El joven hizo, a su vez, una reverencia y devolvió el saludo con frío refinamiento. Algo había de macabro en ese cortés intercambio de cumplidos, como si se encontraran en la sala de armas de algún palacio europeo y no en medio del mar, sobre un barco recién convertido en cementerio y hostigados por una feroz turba de seres que, menos que humanos, semejaban más bien bestias salvajes. Ambos se pusieron en guardia, el caballero dando siempre la espalda al camarote cuyo acceso deseaba a todas luces proteger.

El joven se lanzó con intempestiva furia al ataque. El instinto le decía que, si era capaz de eliminar a aquel malévolo caudillo, podría tal vez salir de apuros sobornando más tarde a sus lugartenientes. Pero sus esperanzas se desvanecieron al darse cuenta de que tenía que habérselas con un consumado espadachín, no sólo de mayor experiencia, sino mejor instruido que él en el arte de la esgrima.

No fue un largo duelo. La destreza de Jean le Chien se impuso con rapidez a la vehemencia de su adversario. Media docena de paradas y una última finta bastaron para que la espada del impetuoso caballero volara por los aires, arrancada con violencia de su puño, dejándole inerme, con la punta del acero enemigo apoyada en la garganta, pero sin apretar demasiado, como si su contrincante apreciara en toda magnitud la rabia y la impotencia que le embargaban y temiera que, en su desesperación, se dejara ir él mismo contra el filo del arma para cortarse el pescuezo.

El consiguiente vocerío de los piratas, que festejaban ruidosamente la victoria de su capitán, hizo que la puerta del camarote se entreabriera y un agraciado rostro de mujer asomara en el umbral. Un murmullo de grosera admiración acogió, entre los filibusteros, la aparición de aquel ángel de negros rizos cuyos intensos ojos azules parpadeaban intentando habituarse a la extrema luz exterior. Al conseguirlo, la hermosa mujer comprendió en un santiamén la gravedad de la situación y no vaciló en arrojarse a los pies del vencedor para implorar clemencia. Jean le Chien la miraba entre admirado y desdeñoso, con el brazo extendido y, un poco más allá, la punta de la filosa hoja amenazando todavía la garganta del hombre que acababa de desarmar. Ella suplicó hablando en un inglés con el acento de Escocia, la voz entrecortada por el miedo y los ojos anegados en lágrimas:

—Piedad, piedad, por lo que más améis en el mundo, piedad para mí y para mi esposo.

Los piratas se miraron entre sí. La tozudez del joven, su gallarda defensa del vestíbulo, se justificaban ahora plenamente a los ojos de todos. Si el capitán no hubiese intervenido él se habría sin duda dejado asesinar antes que ceder el paso. La explicación estaba ahora bien clara a la vista, despertando la lascivia de cuantos la rodeaban. Ambos constituían una envidiable pareja. No era atrevido suponer que llevaran poco de casados. ¿Qué oscuro designio del destino, qué malvada ocurrencia del azar habría colocado a ese matrimonio de nobles escoceses en aquel barco flamenco y en aquellas latitudes? Sólo el diablo lo sabía. Pero Jean le Chien no se interesaba en esas nimiedades de la historia ni se dejó conmover por los sollozos de la beldad que se aferraba a sus piernas. Apoyó un poco más la espada en la piel del cuello del inerme marido, amenazando rebanarlo al menor paso en falso, mientras, con la mano libre, tomaba a la mujer por los cabellos obligándola a ponerse en pie y le arrancaba de un tirón la fina seda del corpiño exponiendo a la vista de todos la blancura de su piel y la turgente forma de sus senos desnudos.

El joven se revolvió con rabiosa impotencia, pero lo precario de su situación le impedía cualquier movimiento de defensa. Ella inclinó la cabeza, vencida, subyugada y, luego, pudorosa, cubriendo su desnudez como mejor pudo con los jirones del vestido, fue a ponerse otra vez de rodillas ante el capitán:

—Tomadme. Haced de mí como gustéis pero, por el amor de Dios, a él dejadlo libre.

—Un conmovedor ejemplo de abnegación conyugal —replicó Jean le Chien contemplándola con sorna. Luego, mirando directamente a los ojos del marido y oprimiendo aún más la espada en su garganta añadió—: ¿Seríais acaso vos capaz de un sacrificio similar?

El joven no titubeó al responder:

—Quitadme todo lo que tengo. Matadme ahora mismo si así lo deseáis, o hacedme lo que os venga en gana, pero no toquéis uno solo de sus cabellos.

—Bien, veamos qué tan cierto es —dijo Jean le Chien empujándolo hacia la semioscuridad del camarote y cerrando la puerta tras de sí.

La joven quedó fuera, aturdida, desconcertada, boquiabierta. Su mente atónita hacía esfuerzos por entender lo que pasaba. Los piratas intercambiaron guiños y ademanes procaces mientras festejaban lo ocurrido con carcajadas burlonas. Luego se dispersaron dejándola sola. Ninguno se atrevería a tocarla hasta que su capitán decidiera qué hacer con ella.

Algunos se sentían dispuestos a sacrificar su parte del botín con tal de gozar una noche de amor entre sus brazos. Otros se preguntaban dónde conseguir oro suficiente para pagar su rescate y adjudicársela después como pareja. Quizás hasta su jefe se dignara tocarles una tierna canción de amor mientras la violaban. Por lo pronto importaba atender a sus heridos, hacerse del botín y trasladarlo al *Don Juan*, donde quedaría depositado al pie del palo mayor hasta la hora del reparto; transferir también a la fragata las armas y cañones que pudieran serles útiles; arrojar los cadáveres al mar y, con ellos, los tripulantes holandeses que habían quedado malheridos o baldados; limpiar a cubetadas la sangre de cubierta y tener, en suma, todo preparado para cuando recibieran la orden de partir.

Ella continuó de hinojos en el suelo, abandonada a su suerte, escuchando azorada las lejanas voces de la marinería mezclarse con los suspiros y gemidos que provenían del camarote y con el suave palmoteo del mar contra los cascos enlazados.

Entonces se puso en pie y echó a caminar como sonámbula. Sin atreverse a llamar a la puerta, sin que tampoco le importara ya mostrar su desnudez entre los despojos del vestido. Por eso nadie hizo caso al verla recorrer alucinada la cubierta del barco, sin que su mirada perdida topara con una vía de escape, aprendiendo que rondaba en una cárcel, que a todas las salidas las obstruía el océano que los rodeaba. Tal vez también por eso ninguno la vio descender con inocente sigilo, la frente sudorosa y los azules ojos afiebrados, por la escalera que conducía a la santabárbara. La enorme explosión partió en dos el casco de la urca y arrancó de cuajo los aparejos del *Don Juan* que se vinieron abajo en medio de un ensordecedor estrépito de madera desquebrajada derrumbándose sobre un combés igualmente hecho pedazos. El *Duquesa de Weltendram* se fue a pique en un abrir y cerrar de ojos arrastrando tras de sí al bajel pirata, al que los bicheros de abordaje le mantenían aún asido en un mortal abrazo.

Un amplio remolino señaló, durante breves instantes, el abismal túmulo de agua adonde fueron a parar los dos navíos con sus cargamentos, hombres y cañones. Después, el silencio y la paz rizaron otra vez las crestas de las olas sobre la indiferente superficie del mar. Un trozo de la amura de estribor, arrancado a la fragata por la extrema violencia de la explosión, quedó flotando entre toneles, masteleros fracturados y otros vestigios del naufragio. Sobre su costado, entre manchas de tizne y pólvora, se alcanzaba a leer el nombre de *Don Juan* pintado con letras rojas sobre fondo negro. Más allá, como una diminuta nave que se negara a hundirse, se veían navegar al garete los incongruentes restos de una mandolina.

Abril de 2001

DESVENTURA FINAL DEL CAPITÁN VALDEMAR DO ALENTEIXO

Luis Sepúlveda

*No hay nuevos continentes en
la secreta profundidad del océano.
Hay hombres nuevos.*

CAPITÁN NEMO

El barbudo y el lampiño alzaron los remos para protegerlos del azote de la ola y así permanecieron durante la leve eternidad de la espuma, con las palas apuntando a un cielo gris y bajo, como si saludaran el avance de una nave mejor arbolada, pero en las frías aguas del estrecho no había nada que homenajear, a no ser la mala racha que los empujaba hacia la costa escarpada. Luego volvieron a hundirlos y se entregaron de nuevo a pasar la fuerza de los músculos a las cañas, a los cuatro toletes que las resistían, hasta las palas que empujaban el agua hacia la popa pues estaban empeñados en salir del trance.

«Buenos marinos», habría dicho el portugués, pero en esos momentos de brusco zangoloteo no tenía ni tiempo ni ganas de decir nada, ni en su lejano idioma de navegantes ni en alguna de las lenguas aprendidas a los dos lados del estrecho. Lenguas de indios que al portugués primero sonaban más a ruidos de guijarros que a palabras, hasta que la porfiada costumbre humana de nombrar las cosas hizo que las aprendiera para llamar hiel a las entrañas del negrero, y ambrosía al recuerdo de la mujer que visitaba sus sueños.

El capitán Valdemar do Alenteixo se estaba muriendo y lo sabía. Tendido en el fondo del batel soportaba con estoicismo el sube y baja de la mar embravecida y tragaba con asco el agua que a ratos lo cubría. Sus últimas fuerzas las empleaba en sostener el remo de popa, sin pensar ya en apoyar el esfuerzo de los otros dos hombres remando a la sirga, y en girar levemente la cabeza por sobre el hombro izquierdo para mirar con algún desconcierto la flecha clavada a un costado de su pecho.

—Me cago en la madre que parió a Vasco Núñez de Balboa —gruñó el barbudo, y el lampiño escupió como toda respuesta.

—Mira que llamarle mar Pacífico —prosiguió el barbudo tirando de la caña que, aunque de elástica teca, crujía con un rumor de hueso derrotado.

—Bocazas, rufián —musitó el capitán Valdemar do Alenteixo. Jamás un marino se atrevió a insultar la memoria de un navegante en su presencia, y el esfuerzo de hilvanar apenas esas dos palabras le hizo rechinar los dientes, pero, puestos a sufrir lleguemos hasta el fin, se dijo el portugués, y con los ojos perdidos en la flecha clavada a un costado de su pecho, recitó la única ley—: Somos hombres libres, hermanos de la mar sin látigo y sin amos, a cada cual lo que no cause envidia, a todos techo, fuego y un jergón. ¡Ay del que quiera encadenarnos! Si Dios nos ha olvidado que el diablo nos dé mejores vientos. ¡Ay del que ofenda a un hijo de la mar!

—Así sea, pues —asintió el lampiño.

—Así sea —repitió el barbudo, y los dos siguieron remando.

La flecha se había anunciado con un siseo veloz de reptil maligno antes de entrar en su pecho con un sonido seco, nada más que un golpe, poca cosa para tan grande dolor de carne abierta. Vista de arriba hacia abajo empezaba en tres cortes de plumas de avutarda, duras a fuerza de resina, firmemente unidas a las hendiduras por las vueltas de una delgada cuerda hecha con tripas de guanaco, y el rayo de madera, fino y cilíndrico, mostraba diminutos moluscos tallados con un colmillo de foca.

El capitán Valdemar do Alenteixo supo entonces que una flecha anekén invadía la única pertenencia verdadera del hombre: su cuerpo, y que la muerte, envolviendo la punta de brillante alabastro, esperaba tan sólo un leve movimiento para hundirlo en sus aguas cenagosas. Y sin embargo no sentía miedo, pues había hecho de su vida lo que el corazón le dictó como justo y la daba por bien empleada.

El barbudo, sin dejar de darle al remo oteó el horizonte que permitía el oleaje, y se dirigió al otro remero.

—Limpia tus ojos compañero. Algo brilla por estribor.

—Todo lo que brilla al este son las horcas de los españoles —respondió el lampiño.

Habían conseguido poner el batel a favor de las olas. Éstas lo alzaban varios metros y luego lo dejaban caer en medio de un rumor de maderas cansadas. Los dos hombres sabían que la salvación tenía rumbo norte, en los canales abiertos más allá del golfo de Peñas, y todo el secreto de la navegación consistía en mantener despiertos los músculos, achicar con las manos en cada descanso y, por sobre todo, en cuidar de los remos.

—Malditas sean todas las verdades —asintió el barbudo.

—Así sea, pues —contestó el lampiño girando medio cuerpo hacia la proa.

Ahí, convenientemente atadas, llevaban todas las vituallas salvadas de la catástrofe: una hogaza de pan que, por muy envuelta que estuviera en una lona de varias vueltas iba ya desecha, y un odre de vino, magro recuerdo del abordaje al *Santa Juana*. El lampiño echó mano al odre, lo descorchó y ofreció a su compañero.

—A tu salud, Martín Alonso Luna —brindó el barbudo.

—A la tuya, Sebastián de Luarca —brindó a su vez el lampiño.

Recostado, con un brazo colgando inútil del remo

de popa, el capitán Valdemar do Alenteixo los miraba impasible.

—¿Es todavía de los nuestros, señor? —preguntó el lampiño ofreciéndole el odre.

El portugués esbozó una mueca de sonrisa por toda respuesta, y se quedó mirando los rostros de los dos hombres que reconfortados por el vino le daban duro a los remos.

Desde su derrotada posición, el portugués miraba la flecha como a un mástil. El agua de mar había lavado cualquier resto de sangre y los botones de nácar relucían sobre el paño azul del jubón. Era una buena prenda que lo protegía de las inclemencias australes por más de quince años. Lo había heredado luego del ataque al *Yellow Star*, un bergantín que navegaba bajo pabellón inglés cuando a su capitán así le convenía, pero Bartholomeus Shark no vacilaba para cambiar de trapo e izar el emblema corsario al avistar naves que despertaban su codicia.

El *Yellow Star* venía de saquear dos galeones españoles a la altura de Copiapó y sus bodegas rebosaban con un buen cargamento de plata.

Con esa información obtenida de las bocas siempre más sedientas que faltas de guiso, de los tantos malditos por la fortuna que, o arrojados a la costa por capitanes indignos o sobrevivientes de mil naufragios, se congregaban en las dos tabernas de Angostura a mendigar una jarra de mosto y a soñar con el regreso a sus perdidas patrias, los capitanes piratas de la Cofradía del León Herido se reunieron en la costa oeste de Isla Desolación.

Allí, frente al mar abierto, planearon el ataque rodeados de indios sell'kans, onas y alacalufes que asistían gozosos a las reuniones de los piratas porque en ellas corría generoso el vino, y porque a cambio de los mariscos que aportaban al banquete recibían estupendos cuchillos y telas de abrigo.

Bartholomeus Shark era un corsario fanfarrón. Después de asaltar las naves españolas puso rumbo al sur y decidió avituallarse en el puerto de Coquimbo. Fiel a sus costumbres, saqueó las bodegas, colgó a cuanto fraile se puso en su camino, y a continuación incendió por tercera vez la joven villa, cuyos aterrados habitantes corrieron a refugiarse a La Serena.

Con el *Yellow Star* bien provisto emprendió rumbo hacia más al sur, hacia el estrecho de Magallanes, para ganar el Atlántico.

La flota pirata de la Cofradía del León Herido lo esperó a la altura de las Islas Guaitecas y casi no hubo combate.

Los capitanes piratas, Valdemar do Alenteixo y los hermanos Julius y Jan van der Meer no surcaban los mares a bordo de grandes navíos de guerra. Empleaban embarcaciones ligeras y veloces, de poco calado y que, movidas por el viento cazado en velas izadas a la cangreja, se desplazaban como avispas en la mar abierta y con idéntica facilidad desaparecían en los canales a resguardo de cualquier sorpresa. Por ellos navegaban de regreso hasta sus escondites australes.

El *Yellow Star* no tuvo tiempo de emplear sus cañones. Desde el *Zafiro*, cúter magallánico capitaneado por Jan van der Meer , recibió dos impactos de culebrina justo bajo la línea de flotación, y desde la cubierta del *Caronte* los tiradores de su hermano Julius barrieron los tres palos de gavieros, mozos de vela y marinos.

Cuando Valdemar do Alenteixo acercó el *Prometeo* y los hombres que navegaban bajo la bandera negra sin más adorno que las huellas del viento se lanzaron al abordaje, no encontraron mayor resistencia, y la poca que hubo se desvaneció con los primeros gaznates pasados a cuchillo.

Los piratas de la Cofradía del León Herido despreciaban por sobre todos los despreciables a los negreros. El capitán corsario era uno de los peores, y con los dientes apretados recibió el castigo impuesto por el consejo de capitanes piratas: lo desnudaron, le embadurnaron el cuerpo de brea, y luego le hicieron probar sobre su lomo veinticuatro veces las caricias del gato de siete colas.

Ni Bartholomeus Shark ni sus oficiales ingleses entendieron esa forma de combate naval. Desde los botes en que los dejaron a la deriva vieron como el *Yellow Star* desaparecía en las gélidas aguas del Pacífico.

Era un buen jubón, vaya si lo era, pensó con tristeza el capitán Valdemar do Alenteixo, porque un frío más frío que la noche austral, más frío que la mar oscura donde retozaban cada año las ballenas, y acaso más frío que el frío de la muerte lo estremecía como a un perro.

Debe ser el frío de la ira, o del miedo, se dijo el portugués sin dejar de mirar la flecha clavada a un costado de su pecho. A ratos alzaba la vista deseando ver el milagro de una estrella, una sola, lejana y apenas perceptible en el cielo encapotado, en la penumbra terrible que unía el abajo y el arriba, y que empezaba ya a devorar los cuerpos de los dos hombres que remaban en silencio.

Malditos rufianes, pero buenos marinos, musitó sin mover los labios.

A Sebastián de Luarca lo subió a bordo tras hundir el *Don Pedro* frente a la isla mayor de Chiloé. Se había hecho por entonces con un botín muy apreciado por la Cofradía del León Herido, muchos quintales de harina de trigo, cientos de barricas de vino y varias piezas de artillería ligera.

El mozo, con los ojos agigantados por el terror y presa de una tembladera que amenazaba con soltarle los ensambles del esqueleto, resistió cuanto pudo a los esfuerzos de los piratas que intentaban verter en su boca una buena porción de vino hervido. Cuando lo consiguieron y reconoció el sabor del mosto, se abandonó a su suerte no sin antes implorar piedad a los hombres que lo rodeaban, viendo en él, más que a un cautivo, a un despojo de la mar.

Pero la segunda jarra la aceptó de buena gana, bebió con los ojos cerrados, sintió que se le ordenaban los huesos, y cuando los abrió nuevamente comprobó con alguna placidez que su piel abandonaba el tono alabastro de los muertos en el agua y recuperaba el color ámbar de animal de tierra firme.

—¿Tienes un nombre, mozo? —le preguntó entonces el capitán Valdemar do Alenteixo, con veinte años, varias onzas de metal y una flecha menos en el cuerpo.

—Sebastián de Luarca para servir a vuestra merced —contestó santiguándose.

—Mal empezamos. No tengo siervos y yo no sirvo a ninguno —rezongó el pirata y ordenó a sus hombres hacer lo suyo, que era poner proa al sureste, hacia los mares acerados cortados por canales de aguas torrentosas porque nacían en el mismísimo infierno, como tan bien lo explicaban las crónicas que hablaban de bestias horrendas, de gigantes de pies enormes y un solo ojo abierto en medio del pecho, devoradores de carne cristiana y otras tropelías que, contadas por cansados navegantes en las tabernas de Vizcaya, más de una vez habían erizado la pelambrera piojosa de Sebastián de Luarca.

Tal vez, pensó el mozo, el destino que le esperaba entre esos hombres, si es que no eran demonios disfrazados con los pellejos de otros infortunados, sería más amargo que la esclavitud a que eran sometidos los cristianos en poder de los piratas moriscos.

Los dos hombres echaban de nuevo mano al odre cuando las nubes se abrieron y por un claro de cielo la luz de la luna tiñó de plata el oleaje. La mar empezó a calmarse, mas no como para exclamar calma chicha y soltar la vara, sin embargo el embate de las olas se hizo menor y hasta acompasado. Tumbado de espaldas en la proa del batel, el capitán Valdemar do Alenteixo vio brillar la cruz del sur y se dijo que aquella era la única cruz que aceptaba sobre el cuerpo que lentamente dejaba de ser suyo. Ya no sentía las piernas y el frío lo invadía desde el ombligo a la cabeza. En algún momento, y en lo peor del oleaje, pensó en quitarse la flecha de un tirón pero desistió de inmediato. Los anekén tallaban diminutos dientes en la punta de sus flechas y para liberarse de ellas era necesario abrir las carnes.

De manera que, a la luz de la luna y las estrellas, continuó mirándola como a un mástil crecido al costado izquierdo de su pecho, interponiendo su presencia vertical entre él y los dos hombres que remaban inmersos en el largo silencio de los derrotados, abriendo las bocas tan sólo para resoplar o maldecir su suerte.

Así que el barbudo era Sebastián de Luarca, musitó sin mover los labios el portugués. El mismo que repuesto del frío tras un buen sueño, y del pánico que le produjo despertar tapado por calientes pieles de guanaco, las que, a causa de sus largos cogotes tomó por pellejos de monstruos de cinco patas, se armó del valor suficiente para indagar acerca de su futuro.

—Puedo dejarte en la costa norte del estrecho, a una jornada de San Felipe el Real, o puedes quedarte entre nosotros, para siempre. Eres un hombre libre, tú decides, Sebastián de Luarca.

En los siguientes tres días de navegación observó atentamente al portugués y a sus marinos. Sus órdenes sonaban precisas y se obedecían como necesarias. ¿Qué extraño capitán era ése, que con sus propias manos tranzaba las mechas de los hachotes, instruía a gente sin rango en el uso del nicturlabio, comía la misma ración que un mozo de velas, unía su voz ronca a la saloma que hacía menos fatigosas las tareas más duras, y bebía, no en vaso de plata sino compartiendo el mismo cuenco que pasaba de mano en mano?

—Me quedo —dijo Sebastián de Luarca con la seguridad de los que no tienen nada que perder.

Sobre la cubierta del *Prometeo* Valdemar do Alenteixo tomó la mano derecha del joven marino y con el puñal de degüello le abrió la palma.

La sangre bañó el tablazón y se escurrió por la borda hasta la mar.

—Ahí donde está tu sangre, ahí está tu única patria —dijo el portugués con la voz serena que precisa la verdad.

—¿Es todavía de los nuestros, señor? —Escuchó decir al lampiño al tiempo que le ofrecía el odre. Entreabrió la boca para que un buche de vino se le metiera en el cuerpo y una vez más supo que se estaba muriendo: el único sabor que se deslizó por su garganta era el sabor de los recuerdos.

A Martín Alonso Luna lo encontró encadenado en las bodegas del *Nuestra Señora del Rosario* junto a medio centenar de indios e indias condenados, los que llegaran vivos, a ser vendidos en la plaza Mayor de Sevilla.

Era un galeón de grácil navegar que había zarpado del Callao con rumbo sur al mando del capitán Fernando de Ojeda. Jan van der Meer lo avistó a la altura de la isla Mocha, cuando los tripulantes del *Zafiro* se daban a la caza de la ballena pues escaseaba el cebo en la Cofradía del León Herido.

La gracilidad del *Nuestra Señora del Rosario* alertó al pirata holandés y supuso que se trataba de una nave emisaria, de aquellas que, libres del lastre de las cargas de oro o plata, transportaban en cambio un botín muy apreciado por los piratas: documentos sobre el movimiento de otras naves, éstas sí cargadas con bienes apetecibles como el vino, que ya empezaba a darse grueso y sabroso en tierras americanas, grano, y charqui, la carne incorruptible que los indios atacameños secaban sin más condimentos que la sal y el viento.

El consejo de capitanes piratas decidió atacar la nave española antes de la segunda angostura del Estrecho, cuando ya le faltaran pocas millas para alcanzar el Atlántico. Conocedores de la mar y de sus gentes, sabían que al acercarse al final del temido paso de aguas los músculos cedían ante la placentera certidumbre del regreso a la lejana patria, y los vigías de las altas cofas sólo tenían en sus retinas los contornos de sus ansiados puertos de origen.

El galeón español dejó atrás Paso del Hambre con sus velas cazando el viento norte que la impulsaba rauda y veloz en pos de la salida del Estrecho, mas cuando navegaba por el centro del Paso Ancho el viento cambió de curso y empezó a soplar desde el sureste. Valdemar do Alenteixo contaba con ese súbito cambio de viento, y entonces dio la orden de poner las tres naves piratas a barlovento, manteniéndose siempre fuera de la línea de tiro de los cañones del *Nuestra Señora del Rosario*.

Así, obligaron al capitán De Ojeda a acercarse a la costa de la Tierra del Fuego, hasta que las fuertes corrientes le indicaron que había caído en una trampa tendida por navegantes expertos; el galeón español fue arrastrado hasta la bahía de la Gente Grande y ahí su quilla tocó fondo en medio de un terrible lamento de maderas.

Once días y once noches duró el asedio, tiempo suficiente para que los españoles perdieran el respeto y la disciplina. Se amotinaron, blasfemaron y maldijeron la memoria de sus soberanos, pasaron a cuchillo a don Fernando de Ojeda y a varios de sus oficiales, y finalmente izaron el trapo blanco confiados en la clemencia de los piratas.

El lampiño se inclinó sobre el cuerpo tendido del portugués, le puso una mano sobre el corazón y exclamó:

—Todavía es de los nuestros.

Valdemar do Alenteixo miró a los ojos del indio. Ciertamente había envejecido, como todos, pero el brillo de su mirada era el mismo de aquella mañana en que, mientras los hermanos Van der Meer dirigían las maniobras para sacar al galeón español de la encallada, se le acercó y le hizo la más inusitada de las confesiones:

—Sé escribir, señor.

Le había hablado en castellano, pero con un tono jamás escuchado en ningún encuentro con españoles. Las eses le salían de lo más profundo de la garganta y marcaba las erres como si las masticara antes de decirlas.

El pirata portugués consignaba el botín obtenido; abrigadoras mantas de lana de vicuña, barricas de vino selladas por el adelantado José de Urmeneta, mariscos secos, charqui, y varios cofres con documentos que ya no recibirían sus destinatarios en España.

—¿Tienes un nombre? —inquirió Valdemar do Alenteixo.

—El mío lo olvidé, pero los castellanos me llamaron Martín, porque me bautizaron el día de San Martín, Alonso, porque mi dueño era don Alonso de Ercilla y Zúñiga, y Luna porque había luna llena.

Los piratas consiguieron poner a flote nuevamente el galeón, y escoltaron a los navegantes españoles e indios liberados hasta el centro del Paso Ancho. Desde ahí podrían navegar hasta San Felipe el Real, en la costa norte del Estrecho, y luego que Dios o el diablo hicieran con ellos su voluntad. Pero Martín Alonso Luna se quedó en la Cofradía del León Herido.

En largas noches de vigilia contó su historia. Pertenecía al pueblo de los atacameños, habitantes del más atroz de los desiertos y había sido capturado por los españoles cuando apenas sabía caminar. Así, oficiando de mozo para los menesteres que sus fuerzas dieran, fue llevado más al sur, hasta que lo pusieron al servicio de Ercilla, un extraño soldado más amante del silencio que de la juerga, que prefería la soledad al barullo de los juegos de baraja.

Ercilla le enseñó el castellano, hasta que lo habló, según decía el melancólico soldado, mejor que muchos extremeños que, por mal decir la gramática, convertían en blasfemia la oración más piadosa.

Cierto día que jamás olvidaría, se acercó a Ercilla en momentos que éste, alejado de todos, se entregaba al extraño oficio de embadurnar de un oscuro potaje una pluma de ganso, y con ella trazaba extraños signos sobre lo que se le antojó la más fina y blanca de las pieles.

Estaban en Santiago del Nuevo Extremo, y el soldado se reponía luego de una campaña contra los indios que los atacameños conocían como mapuches y que los españoles llamaban araucanos. Divertido con la curiosidad del indio, interrumpió lo que hacía.

—¿Quieres saber qué hago? Escribo, Martín, escribo.

El silencio del indio lo animó a seguir hablando.

—Escribir es poner letras, y ellas hacen palabras, y con las palabras puedo contar todo cuanto he visto. Ahora, estas letras han formado palabras y ellas cuentan cómo son las gentes de la Araucanía. Escucha: «La gente que la habita es tan altiva, tan soberbia, gallarda y belicosa que no ha sido por rey jamás vencida, ni a extranjero dominio sometida...»

—¿Qué más puede escribir? —insistió con la mirada fija en aquellos pequeños signos oscuros.

—Lo que quiera. Todo.

—¿También los sueños?

—También los sueños, si éstos son castos y no invitan a pecar —concluyó el soldado.

Por esa razón eran fuertes los castellanos, se dijo a la sazón Martín Alonso Luna. Podían conservar los sueños a salvo de los hongos del olvido, y volver a ellos una, cien, cuántas veces quisieran.

—Quiero escribir —imploró, y un insondable motivo llevó al soldado poeta a instruirlo en el don dulce y amargo de las letras.

A hurtadillas, ocultos de los curas y la soldadesca, muchas veces teniendo el suelo por legajo y una rama delgada por pluma, Ercilla le entregó los secretos ocultos entre los límites de la a y la zeta, y como el aprendiz resultó aventajado, le entregó también los rudimentos de la gramática según las reglas fijadas por Nebrija.

De tal manera, y sin que nadie lo supiera, Martín Alonso Luna fue el primero en leer *La Araucana,* y en frías noches invernales su mano escribió algunos versos que el maestro le dictaba.

La dicha de los vencidos siempre es efímera. Un día don Alonso de Ercilla y Zúñiga tuvo que regresar apresuradamente a España, y Martín Alonso Luna se quedó solo, sin otra compañía que su terrible secreto: sabía leer y sabía escribir, pero no tenía con qué hacerlo.

Los curas nunca habrían aceptado que un indio dominara aquel arte reservado a los cristianos, y así, en busca de los materiales necesarios para conservar los sueños y lo visto, escapó de Santiago del Nuevo Extremo y dejó que las estrellas le fijaran el rumbo.

Ya fuera por azar o por llamado de sangre, Martín Alonso Luna volvió al norte. Pasó por La Serena, soberbia villa levantada por don Francisco de Aguirre, por Coquimbo, por vigésima vez reconstruida sobre sus antiguos cimientos todavía humeantes, por Copiapó, en donde los españoles y los indios cautivos malvivían escarbando la tierra en busca del oro esquivo. En ninguna parte encontró el hombre que precisaba, aquel merecedor de su confianza que, una vez sabedor de su secreto, le entregaría los ansiados folios y la tinta. Pluma tenía; la que Ercilla le dejara como amado recuerdo.

Tras penosas jornadas bajo el sol inmisericorde del desierto, llegó hasta San Pedro de Atacama y allí, su castellano bien hablado lo puso al servicio de fray Jerónimo de Cáceres.

El cura era un mal bicho, más preocupado de su huerta de tubérculos traídos desde el incario, al que los españoles llamaban patata, y de sus asnos. Se valía del vigor del indio obligándole a servir de bestia de carga a cambio de una ración mezquina, pero le permitía dormir en la capilla levantada en el centro del pueblo.

Durante las noches, Martín Alonso Luna esperaba los ronquidos del cura, tomaba el grueso libro de los evangelios y a la luz del candil se extenuaba descifrando palabras escritas en una lengua incomprensible que, pese a no entender acerca de qué portentos trataban, le servían para mantener vivo el recuerdo de todo cuanto el soldado poeta le enseñara.

Un día descubrió que el cura también hacía uso del legajo, tinta y pluma. Observaba las plantas, los hierbajos, los arbustos de tamarugo, y los copiaba con mano experta. Al pie de los folios hacía anotaciones en la misma extraña lengua de los evangelios, y luego guardaba bajo siete llaves los ansiados elementos.

¿No le doy yo a éste mi fuerza a cambio de un mendrugo?, se dijo Martín Alonso Luna, y al amparo de la noche violentó el arcón donde le esperaban los blancos folios a la espera de sus palabras. Tal vez fue la contundencia de la merienda, o el ardor del ají, el picante que el cura masticaba con deleite para que su garganta exigiera vino, el caso fue que fray Jerónimo despertó y lo sorprendió cuando, emocionado, contemplaba el tesoro tan cerca de sus manos y pensaba en lo primero que escribiría.

—Sé escribir —dijo en su defensa, mas ni los golpes de vara en las plantas de los pies, ni los días bajo el sol abrasador ni las noches gélidas en el cepo le hicieron confesar el nombre de su maestro.

—¡Es obra del demonio! —concluyó el cura, y encadenado lo condujeron junto a otros infelices al Callao, lugar donde se juzgaba a los herejes y a los poseídos.

Pero los españoles estaban demasiado atareados en las nuevas tierras como para ocuparse de un indio letrado, y así, luego de dos años de cautiverio en la fortaleza del Callao, un día se plantó frente a él un mercader, le revisó los dientes como a un caballo, le palpó lo que el cautiverio y el hambre habían dejado de sus músculos, le examinó las partes y finalmente ordenó que lo llevaran al puerto.

A los pocos días iba de regreso al sur, a bordo del *Nuestra Señora del Rosario*, hacinado junto a medio centenar de infelices que no cesaban de invocar a sus derrotados dioses en quechua y en aymara, hasta que el encuentro con los piratas del austro cambió su destino.

Empezó a amanecer. Con alivio vieron que el sol se colaba entre las nubes y les daba por estribor. Debían mantener el rumbo norte en pos del Paso Tortuoso. Entonces podrían descansar, reponer fuerzas, cazar algún guanaco, dormir junto a un buen fuego antes de seguir. Y si la suerte les acompañaba, en tres jornadas avistarían Isla Desolación.

Sebastián de Luarca echó mano a la lona que protegía el pan. La abrió, sacó un puñado de masa, la estrujó y se la llevó a la boca. Enseguida ofreció una ración a su compañero.

Martín Alonso Luna hizo un bolo con las manos, dejó el remo y se inclinó junto al portugués.

—Si todavía es de los nuestros, coma, señor.

El capitán Valdemar do Alenteixo cerró los ojos. El resto de vida que se negaba a abandonar sus huesos apenas le permitía eso. Luego los abrió nuevamente y se quedó mirando la cara del indio recortada contra el cielo nublado.

Extraño rostro aquel, sin asomo de barba o de cansancio, sin la marcas que dejan las penas o los placeres, pensó el pirata portugués.

Siempre igual, inalterable, ya fuera consignando con letra calma los bienes de cada botín, o recibiendo lo único que le interesaba a la hora del reparto: papel y tinta.

—Ya es más del otro lado que del nuestro. Maldito sea el día en que botaron al *Santa Juana* —escupió Sebastián de Luarca.

¿Qué escribía, alejado de todos una vez pasados los combates?, se preguntó el portugués.

¿Y si salía bien parado de la desventura, escribiría acerca del encuentro con el *Santa Juana*?

Habían visto la nave española cuando regresaban de una incursión de caza en tierras patagonas. Como siempre lo hicieron, antes de cada invierno los piratas de la Cofradía del León Herido iban a por crías de guanacos. La piel suave y caliente de los chulengos permitía confeccionar estupendos escarpines. De eso venían, con las bodegas del *Prometeo* a tope de pieles, dulces piñones de los gigantescos árboles que poblaban la Península Mayor, y leña, mucha leña para soportar los rigores del inclemente invierno.

Les alarmó la presencia de la nave española cerca del cabo San Isidro. Estaba fondeada con todos los trapos izados a unas veinte brazas de la costa y no se veían en ella señales de vida.

Valdemar do Alenteixo acercó el *Prometeo* hasta tenerla a tiro de culebrina, dio los tres «¡Ah de la nave!» sin tener respuesta y los piratas murmuraron que a lo mejor llevaban la peste a bordo.

Tenían bajamar, y fuera lo que fuese, decidieron abordarla. Si estaba abandonada la sacarían de ahí, pues de lo contrario la pleamar la empujaría contra la costa.

El capitán portugués ordenó que bajaran un batel, y junto a cuatro hombres se acercó al *Santa Juana*.

Las olas golpeaban suaves contra el casco y la mecían aumentando la sensación de abandono. A bordo no encontraron un alma, las cenizas del fogón estaban todavía tibias, en los pañoles y bodegas había munición y suministro para varias jornadas, pero no se veían chalupas o bateles. Todas las gentes habían abandonado la nave por alguna razón que los piratas no atinaban a entender.

Valdemar do Alenteixo dispuso que dos hombres se quedaran a bordo, mientras él bajaba hasta la costa cercana. Antes de saltar al batel, Sebastián de Luarca envolvió una hogaza en un trozo de tela y Martín Alonso Luna se hizo con un odre de vino.

Remaron a tierra patagona, y a poco moverse de la orilla encontraron respuesta al enigma: por doquier vieron cuerpos de españoles, asaeteados, muertos a golpes de maza o ensartados en largas lanzas de colihue.

Los españoles habían comenzado expediciones de castigo para vengar las muertes de noventa hombres y mujeres que, sitiados por los indios en San Felipe el Real durante el invierno anterior, conocieron la atroz agonía del hambre. Sin suministros, sin leña, y rodeados de indios hostiles llegaron al extremo de comerse entre ellos, mas ninguno salió con vida del fortín, que empezó a ser llamado Puerto del Hambre por los navegantes.

El diablo sabría qué ocurrió en el *Santa Juana.* Tal vez capturaron algunos indios, que se rebelaron hasta hacerse con la nave. Tal vez sus infortunadas gentes buscaron salvación en tierra firme, sin contar con que ahí les esperaban más indios sedientos de venganza.

El estruendo de un cañonazo sacó a los piratas de la macabra vista. Corrieron al batel, y desde ahí vieron como el *Prometeo* viraba sobre la banda de babor para esquivar a los dos galeones fuertemente artillados que se le echaban encima.

—Maldita sea la suerte de nuestros nobles compañeros —dijo el capitán portugués iniciando la marcha tierra adentro. Los dos piratas que dejara en el *Santa Juana* recibirían cien latigazos antes de ser ahorcados.

Se alejaron de la costa con las armas dispuestas. Valdemar do Alenteixo blandía la espada inglesa de Bartholomeus Shark, Sebastián de Luarca un mosquete con la mecha humeante, y Martín Alonso Luna apretaba la empuñadura de un puñal.

El encuentro con los indios no tardó. Pernoctaban al amparo de un soberbio roble cuando escucharon sus gritos de guerra. En la penumbra vieron sus cuerpos desnudos, pintados con las líneas verticales que los hacían todavía más altos, con las cabezas cubiertas por largas máscaras coronadas con ramas de coirón. Avanzaban hacia ellos con la indolente seguridad de los que se saben más fuertes.

Eran patagones, crueles y altivos, pero si la fortuna no los había dejado del todo, pudiera ser que entre ellos hubiera también indios de la Tierra del Fuego, Gente Grande, alacalufes que comerciaban con los piratas.

Valdemar do Alenteixo avanzó hacia los indios con los brazos abiertos, repitiendo algunas palabras amistosas en sus lenguas, lo que desconcertó y detuvo a los atacantes.

—Tu daga y mi espada —ordenó el portugués.

Martín Alonso Luna tomó la espada del capitán, avanzó hacia los indios y la dejó junto con su daga. Caminando de espaldas retrocedió lentamente.

Uno de ellos se inclinó, cogió las armas, las enseñó triunfal, dejó escapar una carcajada que estremeció la noche, y enseguida las arrojó con desprecio.

—Maldita sea la zorra que te parió —escupió Sebastián de Luarca.

El indio se movía con ademanes felinos, a cada paso cascabeleaban los sonajeros de conchas que llevaba atados a las piernas y a los brazos. Con calma alzó el arco, lo tensó y soltó la saeta que terminó su vuelo en el costado izquierdo del pecho de Valdemar do Alenteixo.

El mosquete de Sebastián de Luarca iluminó fugazmente la noche. Los trozos de metal partieron en dos al que lanzó la flecha y los indios se volvieron a la carrera entre gritos de terror.

—¡Al batel! Prefiero la horca de los españoles a

caer en manos de estas malas bestias —dijo el barbudo.

—Así sea, pues —asintió el lampiño, echándose sobre un hombro al portugués.

Una formación de delfines pasó junto a la pequeña embarcación. Se sumergían para salir a la superficie en prodigiosos saltos con los lomos arqueados. A ratos, el barbudo y el lampiño alzaban los rostros para adivinar la posición del sol oculto por las nubes. Bandadas de avutardas cruzaban desde la Tierra del Fuego y se perdían en el cielo bajo de la Patagonia. Lobos marinos, pingüinos y elefantes de mar miraban impasibles el navegar de los tres hombres.

La mirada del capitán portugués tenía el mismo brillo acerado de la mar.

—Dejó de ser de los nuestros —anunció el lampiño.

Los piratas dejaron los remos, quitaron el brazo del portugués del remo de popa, puesto que al infierno no se llega remando a la sirga, e hicieron lo que debían hacer.

Sebastián de Luarca hizo un atado con las ropas del muerto y decidió que el jubón era suyo. Martín Alonso Luna, tomó la daga de degüello del portugués, le abrió la herida y extrajo la flecha.

—Mía —dijo lavando la punta de alabastro. Enseguida, hundió la daga en el pecho de Valdemar do Alenteixo y le abrió el cuerpo en canal.

Lo primero que recibió la mar fueron las tripas del portugués. Luego, los dos piratas lo cogieron por brazos y piernas.

—El cielo por mortaja —dijo Sebastián de Luarca.

—La mar por sepultura —concluyó Martín Alonso Luna, y lo tiraron por la borda.

El cuerpo del capitán pirata se hundió en silencio. Los dos hombres se echaron un trago al coleto, se escupieron las manos, y siguieron remando.

Xixón, año 2001

Los autores

Mario Delgado Aparaín
Nacido en Florida, Uruguay, en 1949. Periodista y docente, ha publicado los libros de relatos *Las llaves de Francia* y *Causa de buena muerte*, así como las novelas *Estado de gracia*, *El día del cometa*, *La balada de Johnny Sosa* (Premio Municipal de Literatura, 1988), *Por mandato de madre* y *Alivio de luto*. Sus libros han sido publicados en Brasil, Holanda, Francia, Italia, Alemania y Grecia. Mario Delgado fue durante años jefe del Departamento de Cultura de Montevideo, institución en la que vuelve a trabajar en la actualidad.

Ramón Díaz Eterovic
Nacido en Punta Arenas, Chile, en 1956. Ha publicado los libros de poemas *El poeta derribado* y *Pasajero de la Ausencia*; los libros de cuentos *Obsesión de Año Nuevo*, *Atrás sin golpe* y *Ese viejo cuento de amar*, y

las novelas *La ciudad está triste*, *Solo en la oscuridad*, *Nadie sabe más que los muertos*, *Nunca enamores a un forastero*, *Ángeles y Solitarios*, *Correr tras el viento*, *Los siete hijos de Simenon* y *El ojo del alma*.

Ha sido finalista en los premios Casa de las Américas (Cuba), premio Planeta Argentina de Novela, y premio Dashiell Hammett de la Asociación Internacional de Escritores Policíacos. El año 1987 recibió el premio Anna Seghers de la Academia de Arte de Alemania, y el año 2000 obtuvo el Premio Las Dos Orillas del Salón del Libro Iberoamericano de Gijón por su novela *Los siete hijos de Simenon*.

José Manuel Fajardo

Nacido en 1957 en Granada, España. Antes de consagrarse por entero a la literatura de ficción, ejerció el periodismo en diversos medios de comunicación y publicó dos libros de corte histórico: *La epopeya de los locos* y *Las naves del tiempo*. Su primera novela, *Carta del fin del mundo*, aparecida en 1996 y saludada como una auténtica revelación, cosechó encendidos elogios dentro y fuera de España. *El Converso*, publicada con extraordinario éxito dos años más tarde, supondría su consagración definitiva. Ambas novelas han sido traducidas al alemán, al francés, al italiano, al griego y al portugués. En la actualidad, después de ocho años en el País Vasco, Fajardo reside en París. Su última novela, *Una belleza convulsa*, acaba de aparecer en esta misma colección.

Mempo Giardinelli

Nacido en 1947 en Resistencia, provincia del Chaco, Argentina. Su obra ha sido traducida a quince idiomas y ha recibido numerosos galardones literarios. Es autor de las novelas *La revolución en bicicleta*, *El cielo con las manos*, *Luna caliente*, *Qué solos se quedan los muertos*, *Santo Oficio de la Memoria* (Premio Rómulo Gallegos en 1993), *Imposible equilibrio* y *El Décimo Infierno*. En 1999 aparecieron en Argentina sus *Cuentos completos*. También ha escrito ensayos, como *El género negro*, *Así se escribe un cuento* y *El País de las Maravillas*, y el libro de viajes *Final de novela en Patagonia*, que obtuvo en 2000 el premio Grandes Viajeros. Giardinelli vivió exiliado en México entre 1976 y 1984; fue fundador y director de la mítica revista *Puro cuento*. Actualmente reside en Resistencia.

Rosa Montero

Nacida en Madrid y licenciada en periodismo y psicología, Rosa Montero colaboró con grupos de teatro independiente, como Canon o Tábano, a la vez que empezaba a publicar en medios como *Fotogramas*, *Pueblo* y *Posible*. Desde finales de 1976 trabaja de manera exclusiva para el diario *El País*, de cuyo suplemento dominical fue redactora jefa. En 1981 ganó el premio Nacional de Periodismo para reportajes y artículos literarios. Ha publicado las novelas *Crónica del desamor*, *La función Delta*, *Te trataré como a una* reina, *Amado Amo*, *Temblor*, *Bella y oscura*, *La hija del Caníbal* (Premio Primavera, 1997) y *El corazón del tártaro*. También ha publicado el libro de relatos *Amantes y enemigos* y dos volúmenes de ensayos biográficos, *Historias de mujeres* y *Pasiones*. Su obra está traducida a una veintena de idiomas.

Alfredo Pita

Nacido en Celendín, Perú, en 1948, Alfredo Pita estudió literatura, sociología y periodismo en Lima y París. Durante la década de los setenta trabajó de reportero en diferentes medios de prensa peruanos; actualmente trabaja en París, en la agencia France Presse. Ha publicado libros de cuentos: *Y de pronto anochece y Morituri*; poesía: *Sandalias del viento*, y la novela *El cazador ausente*, que obtuvo en 1999 el premio Las Dos Orillas del Salón del Libro Iberoamericano de Gijón.

Hernán Rivera Letelier

Nació en Talca, Chile, en 1950, y se crió en un yacimiento salitrero del desierto de Atacama. Escribió su primer poema a los diecinueve años, con el que ganó un concurso de radio. En 1988 se costeó la publicación de su primer libro (*Poemas y pomadas*) con el dinero del premio Festival de la Poesía de Viña del Mar, y dos años más tarde publicó *Cuentos breves y cuentos de brevas* y lo vendió de puerta en puerta a sus compañeros de trabajo. Su consagración llegaría en 1994 con *La Reina Isabel cantaba rancheras*, que fue premio de Novela del Consejo Nacional del Libro de Chile. Luego vinieron *Himno del Ángel parado en una pata*, *Fatamorgana de amor con banda de música* y *Los trenes se van al Purgatorio.* Actualmente vive en Antofagasta, al norte de Chile.

Antonio Sarabia
Nacido en 1944 en México D. F., Antonio Sarabia estudió Ciencias de la Información en la universidad Iberoamericana. En 1978, fecha de publicación de su libro de poemas *Tres pies al gato*, dejó de trabajar en el mundo de la publicidad y la radio para dedicarse de lleno a la literatura. Desde 1981, cuando se trasladó a Europa, y durante los quince años siguientes, Sarabia alternó su residencia entre París y Guadalajara. Su primera novela, *El alba de la muerte*, fue finalista del premio Internacional Diana-Novedadades 1988. Luego vinieron *Amarilis*, *Los avatares del piojo* y *Los convidados del volcán.* Su última novela, *El cielo a dentelladas*, fue publicada en 2001 en esta misma colección.

Luis Sepúlveda
Nacido en Ovalle, Chile, en 1949. Además de *Un viejo que leía novelas de amor*, la novela que lo lanzó a la fama internacional y que ha sido traducida a catorce lenguas, ha publicado el libro de investigación *Mundo del fin del mundo,* la novela *Nombre de torero,* el

libro de viajes *Patagonia Exprés*, varios volúmenes de relatos —*Desencuentros, Diario de un killer sentimental* e *Historias marginales*— y la narración para niños *Historia de una gaviota y del gato que le enseñó a volar*. Después de las adaptaciones de esta última, en una cinta de animación producida en Italia, y de la versión de *Un viejo que leía historias de amor* protagonizada por Richard Dreyfuss, el propio Sepúlveda acaba de hacer una primera incursión como director de cine con *Nowhere*, que será estrenada en 2002.

Índice

OTROS TÍTULOS DE LA COLECCIÓN
FICCIONARIO

EL CIELO A DENTELLADAS

ANTONIO SARABIA

Poco oro y menos especias traían de las Indias los navegantes que siguieron los pasos de Colón. Algunos sospechaban que no habían dado con la región de Catay, en los confines de Asia, sino sólo con un rosario de islas perdidas en el Mar Océano. Lo que sí acarreaban en sus bodegas, ya que no metales preciosos, eran centenares de esclavos indios que vendían nada más desembarcar en el puerto de Sevilla. Dos de aquellos infortunados protagonizan *El cielo a dentelladas*: el joven Cristobalillo, traído de la Hispaniola por don Pedro de las Casas y empleado como paje de su hijo Bartolomé; y una bella caníbal vendida a un tabernero de Triana y muy pronto convertida en la atracción de un tugurio en el que se dan cita cartógrafos, marinos y aventureros. Pese a las lecciones del propio Cristobalillo, la india Catalina no llegará a pronunciar una palabra de castellano. Y no obstante, por indiferente que se muestre a los requiebros de los parroquianos y al ingenuo cortejo de un aprendiz de impresor imbuido de los ideales caballerescos, habrá de ganar fama de traer buena fortuna a todo el que se le acerca.

Con admirable plasticidad y un extraordinario conocimiento de la época, Antonio Sarabia reconstruye el cuadro de aquella Sevilla enfebrecida por las maravillas apenas entrevistas del descubrimiento, y traza al propio tiempo una terrible parábola de la ciega violencia que habría de mancharlo muy pronto de sangre y oprobio.

EL CONVERSO

JOSÉ MANUEL FAJARDO

La Habana, 1622. Dos hombres se disponen a zarpar en el galeón *San Juan de Gaztelugache*: un misterioso aventurero inglés y un joven converso español que ha vivido siempre en secreto su condición de judío en su Cartagena de Indias natal. Lleva también el barco la sobrecarga de una dama hermosa y aviesa, un capitán más dado a la brabuconería que al buen sentido, pajes que traman trampas a escondidas, embustes suficientes para llenar de misterio las sentinas...

Ambos se dirigen a Europa (a Inglaterra y Holanda, respectivamente) en busca de su libertad, pero el azar les depara un futuro bien distinto. Impulsado por los vientos del engaño, el barco en que navegan otea un horizonte de misterios, sobresaltos, esperanzas y aventuras por tierras y mares de América, África y Europa.

QUÉ RAROS SON LOS HOMBRES

JOSÉ OVEJERO

Un hombre que trata de no prestar atención a las mulatas que se le ofrecen en Cuba; una mujer que recibe cada día la llamada obscena de un maníaco; un joven que observa con curiosidad a los dos homosexuales con los que comparte piso; una mujer que quiere seducir a su oponente en la pista de tenis, sin saber apenas nada de él, y un hombre que no puede dejar de contemplar, por más que lo intenta, a la mujer deseable en que se ha convertido su hija...

¿Tan raros son los hombres? ¿O sólo lo son cuando no saben compaginar su hombría proverbial con sus auténticos deseos? Con un humor ácido y sombrío y con una extraordinaria intuición psicológica, todos los relatos de este libro parecen formular esa misma pregunta: una pregunta que no concierne exclusivamente al sexo masculino, sino a hombres y mujeres por igual, y que se abisma en todo lo que hay de resbaladizo y turbador en los mecanismos del deseo.